Experiencia quase vida

1ª Fase
Uma pintura íntima do que há de mais humano em nós

Editora Appris Ltda.
1.ª Edição - Copyright© 2023 da autora
Direitos de Edição Reservados à Editora Appris Ltda.

Nenhuma parte desta obra poderá ser utilizada indevidamente, sem estar de acordo com a Lei nº 9.610/98. Se incorreções forem encontradas, serão de exclusiva responsabilidade de seus organizadores. Foi realizado o Depósito Legal na Fundação Biblioteca Nacional, de acordo com as Leis nos 10.994, de 14/12/2004, e 12.192, de 14/01/2010.

Catalogação na Fonte
Elaborado por: Josefina A. S. Guedes
Bibliotecária CRB 9/870

R375e 2023	Reis, Hélida Félix dos Experiência quase vida : 1ª fase : uma pintura íntima do que há de mais humano em nós / Hélida Félix dos Reis. - 1. ed. - Curitiba : Appris, 2023. 179 p. ; 23 cm. Inclui referências. ISBN 978-65-250-4307-4 1. Ficção brasileira. 2. Espiritismo. I. Título. CDD – 869.3

Appris editora

Editora e Livraria Appris Ltda.
Av. Manoel Ribas, 2265 – Mercês
Curitiba/PR – CEP: 80810-002
Tel. (41) 3156 - 4731
www.editoraappris.com.br

Printed in Brazil
Impresso no Brasil

Hélida Félix dos Reis

Experiencia quase vida

1ª Fase
Uma pintura íntima do que há de mais humano em nós

Appris Editora

FICHA TÉCNICA

EDITORIAL	Augusto V. de A. Coelho
	Sara C. de Andrade Coelho
COMITÊ EDITORIAL	Marli Caetano
	Andréa Barbosa Gouveia (UFPR)
	Jacques de Lima Ferreira (UP)
	Marilda Aparecida Behrens (PUCPR)
	Ana El Achkar (UNIVERSO/RJ)
	Conrado Moreira Mendes (PUC-MG)
	Eliete Correia dos Santos (UEPB)
	Fabiano Santos (UERJ/IESP)
	Francinete Fernandes de Sousa (UEPB)
	Francisco Carlos Duarte (PUCPR)
	Francisco de Assis (Fiam-Faam, SP, Brasil)
	Juliana Reichert Assunção Tonelli (UEL)
	Maria Aparecida Barbosa (USP)
	Maria Helena Zamora (PUC-Rio)
	Maria Margarida de Andrade (Umack)
	Roque Ismael da Costa Güllich (UFFS)
	Toni Reis (UFPR)
	Valdomiro de Oliveira (UFPR)
	Valério Brusamolin (IFPR)
SUPERVISOR DA PRODUÇÃO	Renata Cristina Lopes Miccelli
ASSESSORIA EDITORIAL	Nicolas da Silva Alves
REVISÃO	Marcia Cristina Cordeiro
	Samuel do Prado Donato
PRODUÇÃO EDITORIAL	Nicolas da Silva Alves
DIAGRAMAÇÃO	Yaidiris Torres
CAPA	Sheila Alves
REVISÃO DE PROVA	William Rodrigues

Há momentos na vida em que podemos transformar em realidade todos os nossos sonhos; e há momentos na vida de uma pessoa em que ela pode transformar em realidade todos os sonhos que sonhamos em algum momento de nossas vidas.
Por isso, não posso deixar de agradecer a estes realizadores: Deus; meus pais, Rogério Reis (in memoriam) e Maria Das Graças Reis; meus avôs, Geraldo Evangelista e Adair Antônia (in memoriam); meus irmãos, Evelyn Reis, Hellen F. Reis, e Rogério Reis; e meu amado marido, Cláudio Henrique Lopes Silvério T. da Fonseca.

Sumário

DIAS ATUAIS 9
O PRIMEIRO SONHO. 11
O QUE VAI MUDAR OS SONHOS... 29
MORTE DE PAN / 1723. 31

PRIMEIRA PARTE
O CAMINHO PARA O FIM / 1699-1706

CAPÍTULO 1. 37
CAPÍTULO 2 41
CAPÍTULO 3 45

SEGUNDA PARTE
OS PRAZERES - FRIMENTOS E DESEJOS / 1721

CAPÍTULO 4. 53
CAPÍTULO 5. 57
CAPÍTULO 6. 65
CAPÍTULO 7. 73
CAPÍTULO 8. 79
CAPÍTULO 9. 85
CAPÍTULO 10. 93

PARTE TRÊS
APENAS OS PRAZERES / 1723

CAPÍTULO 11...103
CAPÍTULO 12...109
CAPÍTULO 13...115
CAPÍTULO 14...121
CAPÍTULO 15...125
CAPÍTULO 16...135
CAPÍTULO 17...141
CAPÍTULO 18...149

QUARTA PARTE
O QUE VAI MUDAR OS SONHOS.

CAPÍTULO 19...157
CAPÍTULO 20...167
O PAÍS EM SEGUNDOS.................................173

Dias atuais

Mãe!!! Mãe!!! — Os gritos de desespero de uma criança deitada debaixo do viaduto começaram a tomar conta da noite, os mendigos que estavam mais perto começaram a caminhar em direção ao barulho, indo prestar socorro.

Acorda meu filho, acorda meu filho. — Gritava a mãe imunda, desesperadamente, tentando acordar o menino daquele pesadelo que, lamentavelmente, ele sofria vez ou outra e que, quando acontecia, ela entrava em total desespero.

O menino continuava a gritar, enquanto parecia dormir. Um carro de luxo, que passava pelo viaduto, sinalizou e parou. Rapidamente, um homem negro desceu do carro, caminhou por entre os mendigos, gritou pedindo espaço, anunciando a todos que era médico e que o menino estava tendo apenas uma crise de pesadelo, que era para todos se acalmarem que em pouco tempo tudo voltaria ao normal.

A mãe da criança, que era visivelmente uma viciada em drogas, concordou rapidamente e se distanciou do seu filho.

Conforme o homem disse, passados alguns minutos o menino retornou do pesadelo. Sua mãe o abraçou e perguntou a ele o que era, ele cochichou em seu ouvido e ela o olhou espantada!

Agora que você acordou, venha! Temos que voltar para o sinal. Venha, porque preciso de dinheiro para comprar a minha droga. Ande, seu moleque imprestável, vá já pedir o dinheiro.

O menino, magrinho e rosto de sofrido, começou a caminhar em direção à rua. O senhor que o havia ajudado retornou ao seu carro e sua esposa, que estava ao lado, o indagou o que era, e logo ele lhe narrou o que tinha acabado de acontecer.

Logo em seguida a mulher, enfurecida, saiu rapidamente do carro, caminhou até a mãe do menino pobre, abriu sua carteira, retirou várias

notas de dinheiro e entregou a ela, pegou o menino pela mão e o colocou em seu carro.

Tem certeza de que é isso mesmo que você deseja? — perguntou o homem à sua esposa.

Nunca estive tão certa. Vamos embora daqui, antes que alguém venha atrás do meu filho, porque, a partir de agora, ele é nosso filho.

Branco demais para ser nosso filho! — disse o homem, ainda resistente à ideia de sua esposa.

Qual o seu nome, garoto, e qual a sua idade?

Lucas, tenho 6 anos... — respondeu ele rapidamente

Prazer, Lucas. A partir de agora, somos os seus pais e lhe daremos tudo o que desejar.

O menino estava assustado, mas ao mesmo tempo feliz. Ele olhou para trás e viu o rosto da mulher drogada que se passava por sua mãe e, olhando para ela, deu um sorriso de imenso alívio.

A mulher drogada olhou para ele assustada e ficou observando aquele carro de milionário levando o menino. Ela correu até os mendigos e disse: — Ainda bem que levaram esse menino endemoniado, porque ele me dizia que sonhava toda noite que seria muito rico. Eu nunca imaginei que o sonho dele iria virar realidade. Aí está, esse menino deve ser doido. Venham, vamos beber e fumar, porque, pelo menos, me valeu um bom dinheiro ter entregado ele para aquela metida. — concluiu ela gargalhando.

O primeiro sonho

O mundo celestial estava em silêncio. Os servos dos deuses, magos e bruxas, tinham sido obrigados a permanecer em suas casas durante a quarentena. Os deuses estavam reunidos e não acreditavam no que os seus olhos viam.

Lucas, esta é a sua última chance.

Silêncio.

Hélfs, esta é a sua última chance.

Silêncio.

Bem, vocês escolheram a pior forma possível. Lucas, o deus da criação, cometeu o maior crime do mundo celestial. Não lhe haveria outra pena que não a morte eterna. Por isso, quando a lua desaparecer, perderá todo o seu poder e será amarrado na oliveira sagrada. Hélfs, deusa da verdade, passará a fazer parte do jogo, mas com uma diferença. Antes ele era controlado por vocês, agora quem o controla somos nós.

A deusa da vingança bateu o martelo sagrado. O barulho agudo ressoou pelo infinito.

Decifrando o enigma

Venha, Hélfs... Corra... Venha comigo.

Não... Não podemos ir — disse a pequena garota parando de correr. — Não faça isso, Lucas. Seus pais lhe colocarão de castigo!

Não ligo — gritou o garoto mais distante. — Quero descobrir o que tem do outro lado.

Você pode até ir — gritou a bela garotinha de cabelos cor de mel — mas vou agora mesmo contar aos teus pais.

Já disse que não ligo! — gritou o menino de olhar celestial. — Vou conhecer o universo.

A última palavra ecoou pelo horizonte. O belo garoto desapareceu após passar pelo portal do arco-íris.

A garotinha de cabelo encaracolado assistiu a tudo, contrariada. Não vendo mais o seu amigo, refez o caminho por entre as nuvens, chegando até o palácio de cristal. Lá, fez-se anunciar, sendo recebida logo em seguida por Luiza, a deusa da justiça, e Teodoro, o deus da paz, os pais de Lucas, o pequeno e futuro deus da criação.

A que devemos a honra de sua visita, minha pequena deusa da verdade? — disse a bela Luiza, olhando carinhosamente para a pequena Hélfs.

Vim trazer notícias de Lucas — disse a pequenina, sem graça.

Como assim? — perguntou Luiza, erguendo a sobrancelha.

Lucas foi até o portal do arco-íris e atravessou todo ele — concluiu ela, rapidamente.

Não acredito que ele desobedeceu às minhas ordens! — disse Teodoro, secamente.

Silêncio.

Bem, já está tarde. É melhor ir para seu castelo — disse Luiza. — Teus pais já devem estar à tua espera — concluiu ela.

A pequena Hélfs deixou o palácio de cristal e caminhou em direção ao seu castelo, deixando a deusa Luiza e o deus Teodoro para trás.

O que fazemos agora? — disse Luiza. Eles se entreolharam.

Não há mais nada que possamos fazer, o jeito é esperarmos ele retornar — disse Teodoro.

Não seremos perdoados, pois o que o nosso filho fez foi muito grave. A corte irá nos cobrar por isso. O deus do tempo deixou escrito nos mandamentos que não podemos passar pelo portal dos arco-íris. E agora, o que faremos? — disse Luiza aflita.

— Fique calma, Luiza, não é para tanto... O mandamento diz que nenhum dos deuses pode ultrapassar o portal, mas Lucas é apenas uma criança. Portanto não vejo nada de grave nisso. Mas olhe, quando Lucas retornar, teremos uma conversa muito séria com ele.

— Esse é o problema, Teodoro. Ele pode demorar séculos até retornar e, quando isso acontecer, Lucas será definitivamente um deus. O deus do tempo não vai nos perdoar — sussurrou ela.

Tenho uma ideia! — disse ele. — Procurarei a deusa da viagem e pedirei a ela para trazê-lo de volta.

Não vai funcionar, pois os poderes dos deuses não funcionam sobre nós.

Sim, mas não se esqueça de que Lucas ainda é uma criança. Sendo assim, ele ainda não possui total controle sobre seus poderes.

Faça isso, então. Ficarei aqui no palácio, esperando por vocês.

Está bem, já estou indo. — disse ele, fechando os olhos e desaparecendo diante de sua esposa.

Ela sorriu confiante, sentando-se em sua poltrona de nuvens.

Após algum tempo, um feixe de luz celestial parou no centro do salão, onde Luiza ainda descansava. Ao desaparecer a luz, o pequeno Lucas, acompanhado por Teodoro, estava de volta ao salão do palácio de cristal.

Luiza, ao sentir a presença dos dois, abriu suas pálpebras, olhando furiosa para seu pequeno filho, que retribuiu com um olhar amedrontado.

Desculpe, mamãe! — apressou-se ele a dizer, quando ela fez que ia se levantar.

Luiza aproximou-se, abaixou o seu corpo até a altura do dele e sussurrou em seu ouvido:

Vá para o seu quarto! Você está de castigo e apenas sairá de lá daqui a quinhentos anos, quando enfim se tornar um deus. Antes disso, esqueça. Vá! Suba!

Uma lágrima escorreu na face do pequeno deus e ele começou a fechar suas pálpebras.

Nem pense nisso! — disse o seu pai. — Como castigo você está proibido de utilizar os seus poderes. Você vai subir com seus próprios pezinhos os 7.777 degraus até o seu quarto. E venha até aqui — disse seu pai tocando nele. — Estou transferindo os seus poderes para mim. Daqui a quinhentos anos, te devolvo. Só assim teremos certeza de que você não vai aprontar mais nada.

O menino, de olhar verde intenso, saiu do salão e começou a subir, a contragosto, a imensa escadaria.

Será que exagerei no castigo, meu bem? — disse Luiza, desconsolada.

Não, meu amor. Como deusa da justiça, o castigo que você concedeu foi justo. O que Lucas fez foi muito grave. Se não o corrigíssemos agora, ele iria repetir esse ato e, aí sim, estaríamos arruinados. Vamos dormir — disse Teodoro.

Vamos sim — disse ela. — Ah! Por favor, só me acorde daqui a quinhentos anos.

— Como quiser, minha deusa.

Eles fecharam os olhos e sumiram no imenso salão oval.

Quinhentos anos para nós, meros mortais, é muito tempo, pois temos a certeza de que daqui a quinhentos anos nem vivos estaremos mais. Mas para aqueles que são imortais, quinhentos anos não significam nada, pois possuem toda a eternidade.

Segundo crenças dos seres inferiores, toda criança que nasce a cada sete milhões de anos, no dia em que a lua se junta com o sol, pode ser a reencarnação do grande deus. No dia em que isso acontecer, o mundo celestial correrá perigo, pois o grande deus vai se vingar de suas criaturas. Mas a lenda diz que Locs apenas terá os seus poderes ampliados quando amar intensamente uma deusa. Sendo lenda ou não, os bebês que nascem nesse dia são colocados por Lhóis, o deus do tempo, em ninhos de serpentes para serem devorados por elas.

Meu Deus! Lucas, como você está lindo!

Mãe! — sussurrou Lucas, ainda fraco, tentando se levantar.

Não, meu filho. Não faça nenhum esforço, pois você está sem energia. Espere por mais algum tempo, pois seu pai vai lhe devolver seus poderes. Você está muito fraco, não ia parar em pé agora — concluiu Luiza, acariciando calmamente a face de seu filho.

Teodoro aproximou-se da cama de seu filho, tocou por alguns segundos sua mão esquerda na testa de Lucas. Aos poucos, o jovem deus foi recuperando suas energias.

Pronto, meu filho. Viemos acordá-lo para que você volte a saborear a eternidade — concluiu Teodoro, entregando as vestimentas de Lucas.

Por terem se passado quinhentos anos, Lucas já havia se tornado jovem. E por esse motivo, suas vestimentas estavam estraçalhadas pela cama. Ele terminou de vestir-se e parou, estático, de frente para um espelho de cristal.

Por Locs! — sussurrou Lucas. — Se vocês não estivessem aqui, nem eu me reconheceria! Quanto tempo estive dormindo? — disse ele, incrédulo.

Exatamente quinhentos anos — disse sua mãe.

Como se sente, meu filho? — indagou Teodoro.

Sinto-me bem — concluiu ele, ainda olhando com curiosidade para o espelho.

Lucas, o deus da criação, era infinitamente belo. Sua pele alva como a nuvem, seus olhos cintilantes como as estrelas esverdeadas e seu cabelo negro como a noite concediam a ele a beleza mais incrível vista por toda a eternidade.

Agora sou um deus? — indagou intrigado.

Sim — respondeu sua mãe, que continuou — Hoje é um dia muito importante em sua vida, meu filho, pois teremos o cerimonial do trampolim e você será consagrado o novo deus da criação. Então, ouça bem, meu filho. A partir desta noite você passará a ter poderes infinitos, uma vida e juventude eternas. Portanto, deverá obedecer a todas as regras de nossa corte celestial, pois, apesar de adquirir muitos poderes, você também passa a ter muitos deveres para com a nossa comunidade de deuses — concluiu ela com seriedade.

— Bem, agora eu e seu pai vamos nos produzir para o belíssimo baile do trampolim e deixaremos você sozinho. Descanse um pouco e recupere suas energias, pois quando a natípice acontecer, estaremos no saguão do palácio à sua espera — concluiu a deusa da justiça, se desmaterializando, junto com Teodoro, do quarto de Lucas.

As dimensões do quarto de Lucas eram incríveis! A cada metro que caminhava se via dentro de um local diferente. Lucas abriu a porta do quarto da infância e se deparou com várias guloseimas espalhadas em bandejas de cristal. Passou por brinquedos cristalizados, entre ele: aerocarros, discomotos e scolkt, um carro que apenas os meninos deuses podiam ter, pois ele passeava por toda a área celestial. Era equipado com acessórios modernos, como o ultraperfomance, que quando acionado transformava o carro em aeromotos e submarinos.

Lucas, de repente, piscou sua pálpebra esquerda e três portas apareceram em uma única dimensão. Abriu a porta da adolescência. Entrando em passos lentos, viu um aparelho de som por cima de uma estante de ouro. Ligou-o. Uma música melancólica com sons de guitarra começou a ecoar. Percorrendo calmamente o quarto, reparou uma tela de diamantes em forma de coração escrito "meu primeiro amor". Achou aquilo um pouco dramático. Com um sorriso em sua face, se transferiu novamente. Desta vez entrou no quarto da juventude, tentou, com a força da mente, pulá-lo e passar para o da vida adulta, mas a porta não se abriu. Para entrar neste, seria apenas depois de casado. Contrariado, retornou para o quarto da juventude, aproximou-se da janela, reparando o belíssimo lago de água cristalina, no qual uma bela e jovem deusa dançava por entre suas águas. Por impulso, abriu a imensa janela de diamantes e jogou-se de cima dela. Percorreu lentamente os jardins de pétalas de ouro. Ao aproximar-se mais, teve a visão mais sublime de sua vida: uma bela deusa de pele morena, cabelo cor de mel divinamente cacheado, pequenos olhos negros, dançava nas águas. Seu vestido de pura seda, na cor gelo, demonstrava cada curva sensual de seu corpo. Parecia flutuar e deslizar em si, graças à tamanha beleza e perfeição.

Esse ritual era conhecido como o ritual à deusa dos lagos. A cada mil anos, a mais bela das deusas era chamada pela deusa dos lagos para reverenciá-la. O ritual era algo muito íntimo e apenas oferecido à deusa, portanto restrito. Lucas sabia disso, mas não conseguia retirar os olhos daquela apaixonante jovem. A deusa inclinou levemente o seu corpo, que ficou deitado e suspenso no ar. Seu enorme cabelo quase tocou a água. Ela sorriu e o vento, de uma só vez, a deixou nua. Com uma única brisa leve, seu corpo foi atirado no centro do lago, que em seguida se fechou, devorando-a. Lucas ficou estático, suspirou fundo, como se houvesse perdido os sentidos. Aproximou-se calmamente do lago e, de súbito, mergulhou nele.

O mundo divino era dividido em castas e de forma estritamente hierárquica. Uma vez nascidos para serem deuses, seriam deuses. E uma vez nascidos para serem magos, ou bruxas, assim seriam. O planeta divino era feito através de combinações, nenhuma lei podia ser infringida, pois qualquer mudança na órbita celestial podia causar a destruição do universo. O respeito pelas leis divinas era seguido à risca. Vivia-se na mais extrema paz celestial.

Havia entardecido e a natípice já estava formada.

EXPERIÊNCIA QUASE VIDA

Lucas está atrasado — disse Teodoro.

No mesmo instante Lucas apareceu no meio do salão.

Mãe, a senhora está linda!

Obrigada, meu filho — respondeu sorrindo.

Dê-me o prazer — disse Lucas pegando as mãos de sua mãe e passando o braço dela pelo seu braço.

A festa do trampolim estava anunciada. Todos os deuses reunidos no mais alto cume do planalto, cercado por montanhas gigantescas e coberto por nuvens para que apenas os deuses assistissem toda a cerimônia. Os raios do sol misturavam-se com a luz da lua formando uma irradiação divina! Algo que era visto por poucos e contemplado apenas pelos deuses, pois seres não deuses, se olhassem para aquela irradiação, poderiam até perder a visão, graças às luzes supremas que, de tão belas, enlouqueciam. Apenas os deuses, por serem seres supremos, eram capazes de compreender tamanha beleza sem enlouquecer. O deus da música entoava uma maravilhosa melodia que deslizava nos ouvidos de todos. Alguns casais começavam a valsar. O baile estava anunciado.

Logo após, os casais sentaram-se em suas mesas. Uma divina refeição começava a ser servida.

Em uma sala inversa sobre uma imensa plataforma, Lucas aguardava para ser chamado. Era chegado o ponto alto da cerimônia. Conforme a tradição, o deus do fogo ergueu uma imensa tocha, capaz de iluminar todo o universo, o que, segundo a tradição, faria com que Locs pudesse saber que um novo deus estava sendo coroado. Os deuses, em sua maioria, não acreditavam que Locs existiu, mas os seres inferiores, bruxas e magos tinham a certeza e acreditavam que a qualquer momento o grande deus iria retornar. Mas, pelo sim e pelo não, os deuses seguiam alguns preceitos.

A lua estava encoberta pela estrela maior, o que fazia com que todo o universo resplandecesse naquele instante. Dava para se ver, a olho nu, todo o espaço. E, neste momento de pura magia, todos os deuses se encontravam sentados em suas cadeiras cravejadas por diamantes. Estas cadeiras estavam dispostas em formato de triângulo, o que simbolizava a abertura da magia. Todos ficaram em silêncio. Dois deuses foram levados até o altar, postos um de frente para o outro. Tinham os olhos vendados por uma seda vermelha. As deusas que estavam no altar retiraram o véu dos dois. Silêncio. Lucas ficou estático olhando para a deusa. "Por Locs, como ele é belo!", pensou a deusa sentindo o seu coração bater mais forte. Lucas não desviava o seu olhar do dela. O silêncio foi interrompido por uma melodia mórbida. Era o som de euziz, a melodia que foi tocada quando o mundo se formou. Em pares, formando um triângulo, os deuses começaram a dançar. Lucas cumprimentou sua dama, pegando-a pela cintura. A deusa passou sua mão esquerda em volta do ombro de Lucas, como se o abraçasse, segurando suavemente sua mão direita na mão esquerda dele. Ela sorriu. E ele, hipnotizado, começou a dançar com ela. Era o mais belo casal de todos os tempos. Os passos de Lucas eram sublimes e a bela deusa parecia que flutuava em seus braços.

Essa dança não era uma dança comum. Conforme os movimentos e o sentido horário no qual os deuses dançavam, modificava-se a esfera planetária. Ao fim da música, como num passe de mágica, as estrelas desapareceram do céu. A estrela maior era a única que permanecia, imóvel e radiante. A música parou de tocar. Um silêncio se fez. A estrela maior começou a se movimentar, descendo em direção ao triângulo. E conforme se aproximava do chão, ia diminuindo, até ficar do tamanho de um pequeno triângulo. Quando a estrela se encaixou no chão, as constelações voltaram a aparecer. A lua voltou para o seu lugar e a natípice desapareceu. Toda vez que um deus era condecorado, esse ritual tinha de ser feito. Caso contrário, a natípice ficaria eternamente. A natípice nada mais era do que o encontro do dia com a noite. Para encerrá-la, era necessário que a estrela maior caísse ao chão. Em todos os rituais, após a queda da estrela aparecia um grande arco-íris apontando para o norte. Entretanto, nesta noite, o arco-íris tão esperado não apareceu, o que causou certo tremor aos deuses, pois, segundo os seres inferiores, no dia em que o arco-íris não aparecer, significa que o grande deus renasceu. Mas isso era apenas superstição.

A bela deusa se sentou em sua poltrona de diamantes. Lucas sentou-se ao lado dela e eles se deram as mãos. Uma esfera de energia pairou no ar. O espaço estremeceu por alguns segundos, mas os deuses sequer se movimentaram, continuavam intactos. Essa energia começou a percorrer o corpo dos deuses, era a grande energia que acabava de coroar Lucas como o deus da criação e a bela deusa como a deusa da verdade.

Após a coroação, os dois novos deuses foram prontamente levados à casa do deus do destino. A festa continuava entre os outros deuses, era a mais bela festa já vista em toda eternidade.

EXPERIÊNCIA QUASE VIDA

O palácio do deus do destino ficava do lado oeste das terras férteis. Um local um tanto quanto obscuro, devido aos enormes arbustos que percorriam todo o caminho. Embora tivessem sido coroados deuses, Lucas e a deusa da verdade apenas poderiam entrar no palácio do deus do destino percorrendo, com seus próprios pés, todo o caminho. Os jardins do local eram imensos. Havia arbustos caídos no chão, o que causava no lugar certo ar de suspense. De acordo com o ritual, quando mais de um deus era coroado, cada um devia passar por uma entrada. Percorriam um caminho escuro, sem luz alguma, com barulhos ensurdecedores. E mesmo que tentassem usar os seus poderes, era em vão, pois ali nada funcionava. Flores e rosas caíam ao ar a cada passo que os deuses davam. Lucas caminhou toda a área, chegando primeiro que a bela deusa ao palácio do destino. Estava com a respiração um pouco ofegante, mas mantinha-se bem. Tentou abrir a porta principal, entretanto não conseguiu, pois estava travada. Olhou para o local e teve uma sensação ruim. O palácio era obscuro, não havia sequer uma janela, tudo estava fechado. O silêncio causava uma sensação de pânico. Lucas forçou a porta novamente, mas era impossível abrir. Percebeu que não adiantava forçar, apenas seria aberta quando fosse da vontade de Kalazar.

Então você ainda está aí! — sussurrou a voz feminina e doce.

Lucas olhou para a direção da bela voz.

Pensei que já tinha entrado no palácio — disse a bela e jovem deusa sorrindo.

Você fala comigo como se me conhecesse, quando na realidade nos vimos há pouco tempo — disse Lucas sorrindo ao ver que era a deusa da verdade.

Como não nos conhecemos?!

Se nos conhecemos, não me lembro de onde — disse ele, fazendo pouco caso.

Bem, fui culpada por você ter dormido por tanto tempo – sussurrou ela sorrindo.

Hélfs! — murmurou ele.

Sim — disse ela jogando sedutoramente o seu belo cabelo para trás.

Não sei se fico feliz por revê-la — concluiu ele, olhando curiosamente para ela.

Ela sorriu.

Espero que não me de... — Hélfs não terminou de pronunciar a frase, pois a porta principal acabava de ser aberta. Um mago estava na porta principal e conduziu-os para dentro do palácio. O local por dentro era tranquilo, as cores eram claras e águas jorravam de várias fontes dentro do palácio. Se por fora era calafrio, por dentro era paz.

Entrem — disse o mago, abrindo a porta da sala principal.

Silêncio.

Lucas e Hélfs entraram com cuidado dentro do grande salão. Havia quadros espalhados por toda parte, pintados com cores vivas e fortes.

Nunca vi nada parecido — disse Lucas, aproximando-se com curiosidade de um dos quadros.

Sentem falta do passado? — disse o deus Kalazar, entrando na sala. Kalazar era um belo deus de olhos esverdeados, pele negra como a noite e um sorriso magnífico na boca. Tinha lábios finos e nariz fino, vestia-se como um lorde inglês e era calmo em sua fala.

Falta do passado? — indagou Lucas.

Sim, dizem que todo deus sente falta do passado... e vocês não sentem? — disse ele, fazendo um sinal com as mãos. Em seguida, todos os quadros que ali estavam, desapareceram.

A parede ficou branca e vazia como todas as outras do palácio.

Por que sentiríamos falta do passado se vivemos na eternidade? — concluiu Lucas.

Meu jovem deus — disse Kalazar o rodeando —, se não sente falta do passado é porque ainda não soube olhá-lo como devia — disse, fitando-o.

Ou... porque não o tive, pois até pouco tempo apenas dormia — disse Lucas.

E se eu te disser que, se tivesse olhado bem para aqueles quadros, você se lembraria do passado? — disse Kalazar os fitando.

Lucas o olhou com curiosidade.

O que pode dizer sobre meu passado? — disse Lucas.

Descobrirá sozinho — concluiu Kalazar. — Bem, todos têm um destino. Ainda que sejamos deuses, cada um de nós carrega um compromisso — disse Kalazar, sentindo-se mais à vontade. — Você deve ser Hélfs, minha doce deusa da vida?

Sim, sou Hélfs — disse ela com doçura. — Mas não sou deusa da vida, sou a deusa da verdade — concluiu ela um pouco tímida.

E o que há de verdadeiro entre a deusa da vida e a deusa da verdade? — disse Kalazar, olhando-a profundamente.

Bem — ela fez uma pausa e continuou —, a deusa da vida é a nossa grande mãe. Ela foi esposa de Locs, o grande deus. E eu sou apenas uma simples deusa que busca guardar e proteger a verdade.

O deus do destino puxou a gola de sua camisa de ouro, começando a girar em passos lentos ao redor de Hélfs, que estava no centro.

Vejo que é devota do grande deus — disse Kalazar, parando de súbito e fitando o olhar de Hélfs.

Sim — concluiu ela secamente.

Então você acredita na lenda dos seres inferiores, de que fomos criados por um deus que se criou, criou sua deusa, e que depois nos criou, e em seguida nós o matamos, e que ele vai retornar para se vingar de todos nós? — Disse ele rapidamente, sem sequer pontuar qualquer frase. — Como pode uma deusa tão bela e inteligente acreditar em tantas balelas? — concluiu sarcasticamente.

Lucas contraiu os músculos de seu maxilar, sorrindo discretamente.

Eu não sou uma tonta! — disse ela, fitando furiosamente o olhar de Lucas, que não se controlou e sorriu, desta vez com mais intensidade. — Vocês riem porque não são capazes de acreditar em um amor supremo. Mas eu acredito. E creio fielmente que a grande lenda de nosso deus é real, assim como creio que ele voltará e encontrará sua amada. E como na lenda, nesse dia terá os seus poderes aumentados, voltando a reinar e viver. Deste dia em diante o céu será eternamente belo. Acabarão as hierarquias e todas as criaturas, desde a menor até a mais sublime, terão uma eternidade justa. Sem as autoflagelações que são impostas pelos deuses, nem a morte eterna, que são julgadas de acordo com os interesses da corte suprema.

Silêncio.

Os três se entreolharam.

A bela deusa sabe que o que acaba de dizer aqui é um crime? Pois se a corte ao menos imaginar que há entre os deuses alguém que segue fielmente os preceitos dos seres inferiores, mandá-la-ão para a morte eterna — disse Kalazar, mostrando-se chocado.

Sei — disse ela mordendo os lábios e sentindo-se acuada naquele momento. — Mas apenas lhes disse isso, pois sou a deusa da verdade. Posso me manter em silêncio, mas não posso mentir quando me obrigam a dizer.

Sei bem como é — disse Kalazar. — Mas fique despreocupada, não entrego ninguém à corte.

Hélfs desferiu o seu olhar de medo para Lucas.

Não se preocupe, este aí também não fala nada — disse Kalazar ironizando Lucas, que desde quando chegou ali não desviou o seu olhar de Hélfs.

Hélfs suspirou aliviada, mas um pouco tensa ainda. Lucas ficou sem graça, mas continuou olhando para ela com curiosidade.

Venham até aqui, quero lhes mostrar uma coisa — disse Kalazar, com euforia.

Lucas e Hélfs aproximaram-se de Kalazar, que estava de frente para uma parede branca, que antes estava repleta de quadros.

Vejam — disse Kalazar.

Não vejo nada, além desta parede branca — disse Hélfs.

Não olhem para a parede, olhem para além dela — murmurou Kalazar.

Hélfs e Lucas tornaram a olhá-la, mas desta vez com mais percepção.

Este é o universo — sussurrou Kalazar. — Mas não como o conhecemos hoje, este era o universo no momento em que ele foi criado. Lembra-se? — perguntou Kalazar, olhando para Lucas.

Não havia sido concebido nesta época — disse Lucas com arrogância, afastando-se da parede.

Não me engane, Locs! — disse Kalazar, esbravejando, fechando de uma única vez a parede que dava visão para o universo.

Hélfs e Lucas se assustaram com a mudança de Kalazar.

Você é um louco! — disse Lucas, explodindo. — Fomos chamados a vir aqui porque nos informaram que o senhor é o deus do destino e que ia nos falar sobre a nossa função como deuses. Até agora, o que tenho visto é que fala de passado e, como se não bastasse, ainda troca os nomes. Há algo de errado aqui e eu quero saber o que está acontecendo ou o que nos esconde.

Será que eu realmente sou louco? — perguntou Kalazar, erguendo novamente a gola de sua blusa em um tom ríspido de ironia. — Mas vamos ao que interessa, sentem-se os dois agora, porque vou ler os seus destinos.

EXPERIÊNCIA QUASE VIDA

Após falar isso, duas poltronas se arrastaram sozinhas, aproximaram-se de Lucas e Hélfs, que em seguida se sentaram. Logo após, uma mesa giratória apareceu do nada e o baralho do destino se partiu sozinho, espalhando-se por toda a mesa.

Tirem uma única carta — disse Kalazar, sentando-se à mesa, em tom de poucos amigos.

Lucas e Hélfs retiraram a carta e a entregaram nas mãos de Kalazar. Ele correu os olhos nas cartas e olhou para os dois um pouco descrente.

Que alívio! Ultimamente meus sentidos têm me enganado — concluiu ele, jogando as cartas na mesa. — Peço-lhes desculpas pelo mal-entendido, mas é que eu podia jurar que vocês eram eles — disse Kalazar.

Eles quem? — perguntou Hélfs curiosa.

Eles, ora! — disse Kalazar, ajeitando a gola de sua camisa. — Mas que loucura a minha, como posso ter cogitado essa insanidade? — concluiu, olhando para as cartas.

Do que ele está falando? — sussurrou Hélfs, virando-se para Lucas.

Não faço ideia — disse Lucas, fitando Kalazar. — Mas não faça mais perguntas, deixe-o ler nosso destino e vamos sair daqui — concluiu Lucas, contraindo os maxilares.

Hélfs balançou delicadamente o seu rosto em sentido positivo.

Bem, o destino de vocês é completamente sem graça — disse Kalazar —, portanto me coloco no direito de nem o dizer para vocês. Viverão eternamente como qualquer outro deus, terão uma família e viverão bem. Nada mais — concluiu ele. — Agora quero que se retirem de meu palácio e espero nunca mais vê-los. Vão e não me incomodem mais.

Depois da última frase pronunciada por Kalazar, ele desapareceu da imensa sala.

Lucas e Hélfs caminharam até a saída. Na porta, uma bruxa esperava por eles. Ao contrário dos deuses, que eram eternos, as bruxas e os magos eram mortais e viviam aproximadamente até os setecentos anos de idade. Não tinham uma aparência eternamente jovem como a dos deuses. Pela aparência desta, já devia estar próxima da morte.

Aqui estão os mandamentos — disse a bruxa, em um tom de voz rouco, entregando um envelope lacrado nas mãos de Lucas e outro nas mãos de Hélfs.

Obrigada — disse Hélfs, pegando-o e sorrindo gentilmente.

Obrigado — disse Lucas, olhando com pena para a face da velha.

Lucas fechou suas pálpebras, a velha deu uma gargalhada estridente e Hélfs olhou chocada ao reparar que a bruxa tinha apenas um dente na boca.

Não adianta, meu senhor. Seus poderes não funcionam aqui. Terá que voltar pelo mesmo caminho que usou para chegar, sem usar seus poderes — concluiu ela, com o mesmo tom de voz rouca e seca.

Lucas abriu suas pálpebras e sorriu como quem pede desculpas.

Que olhos lindos, meu filho! — disse a bruxa olhando para Lucas. — A senhorita tem sorte, além de ter nascido como deusa, tem como namorado um belo deus — disse ela, sorrindo e piscando os olhos para Lucas.

Hélfs ia dizer algo, mas Lucas a interrompeu.

Por que nossos poderes não funcionam aqui? — indagou, mostrando-se curioso.

A bruxa olhou para Hélfs e gargalhou como quem acaba de ouvir a maior besteira do universo.

Tenho mais o que fazer — disse a velha bruxa, voltando a si e desaparecendo da porta.

Ela agiu assim porque achou que estava brincando com ela, pois todos sabem o motivo de nossos poderes não funcionarem aqui.

E a bela deusa pode me dizer? — disse ele, parando o seu olhar no dela.

Ela sorriu sem graça.

Este local é por onde todos os deuses têm de passar após serem coroados. Há quem diga que o deus do destino é inimigo do grande deus e que ele teme que o grande deus retorne para se vingar. Por isso, a necessidade de que todos passem por aqui, pois o deus do destino saberá quando irá encontrar-se com o grande deus e o destruirá novamente antes que ele nos destrua — disse ela em tom de suspense.

Você continua bela — disse Lucas, olhando profundamente nos olhos de Hélfs.

Eles se entreolharam.

Você fala como se já me conhecesse há muito tempo — disse ela sentindo-se envergonhada.

E a conheço — disse ele sorrindo docemente. — Esqueceu-se de que quando éramos crianças estávamos sempre juntos? E a vi dançando para a deusa dos lagos — concluiu ele cinicamente.

Ela o olhou com repulsa.

Você é um pervertido! Vou-me embora.

Hélfs se desequilibrou. Lucas a puxou pelo braço para não a deixar cair, então o belo deus a encostou em seu corpo.

Proteção é o que sempre vou te dar — sussurrou ele no ouvido de Hélfs.

Silêncio. Os dois ficaram se olhando. Hélfs, ainda se apoiando no corpo de Lucas, sentia de perto a respiração forte e ofegante dele.

— Obrigada! — disse ela, sorrindo, docemente. Lucas a fitou, o olhar dos dois se cruzaram.

Venha, vamos sair daqui — sussurrou ela, se afastando dele e estendendo suas mãos.

Vá! — disse ele em tom ríspido, alterando completamente o seu comportamento.

Gostaria que me acompanhasse — ela fez uma pausa e continuou. — Apenas para entrar que temos de estar separados.

Prefiro assim — disse ele, olhando-a com curiosidade. Hélfs saiu sem se despedir e sem olhar para trás.

Lucas ficou parado por alguns instantes e, de súbito, desapareceu no meio da escuridão.

A jovem e bela deusa, após passar pelo último portal do palácio do deus do destino, fechou suas pálpebras e sumiu entre as luzes estrelares.

Chegando ao seu palácio, Hélfs reparou que estava sozinha e concluiu que seus pais ainda estavam na cerimônia do trampolim. Fechou as pálpebras e, em instantes, estava em seu quarto. A jovem deusa abriu com cuidado o mandamento que trazia consigo. Correu os olhos nele, em seguida tornou a enrolá-lo e o guardou na gaveta de uma escrivaninha. Hélfs pensou e desejou banhar-se na mais gigante cascata de água morna. De repente, Hélfs estava em um belo bosque, repleto por pássaros que cantavam, e se pôs embaixo da grande cascata. Suspirou profundamente. Os imensos cachos de Hélfs começaram a se desfazer pela força da água. Sentia-se aconchegada, mas pôde perceber que sua alma chorava por dentro. A deusa não entendeu o motivo, mas percebeu que Lucas havia mexido completamente com sua alma.

A grande festa do trampolim havia chegado ao fim e os deuses retornaram para os seus palácios. Lucas havia chegado um pouco antes do dia amanhecer. Olhou para o relógio estrelar e percebeu que faltavam poucos segundos para o sol voltar a brilhar, porém, não desejava levantar-se tão cedo. Em seguida, o seu quarto espelhado ficou completamente escuro. A luz do sol que começava a bater contra sua janela voltou a ser escondida, pois Lucas desejou que voltasse a ser noite em seu palácio. Fechando suas pálpebras, repousou serenamente. Como em um passe de mágica, pozinhos de nuvens se juntaram, formando um cobertor que cobriu com exatidão o corpo dele.

— Que susto! — disse a velha bruxa, olhando para Kalazar. — O que faz em meu aposento a esta hora?

Preciso que jogue a ruflas — disse ele.

Está louco! Isso é proibido há séculos, eu não posso fazer isso. Se descobrirem, serei castigada — sussurrou ela.

Mais castigada do que já foi? Impossível.

Ela abaixou o olhar.

Por que está me pedindo isso?

A profecia se cumpriu.

Você, de novo com essas histórias.

Passaram-se trilhões de anos, e agora acha mais fácil acreditar em uma lenda do que acreditar em tudo que vivemos — disse ele, mostrando-se ofendido.

Ela voltou a abaixar o rosto.

Às vezes, é preferível aceitar uma lenda a ter que encarar a realidade. Se desta vez ele realmente tiver voltado, como faremos para destruir Lhóis e os zodíacos? — disse ela aflita.

Já pensei nisso. Não durmo desde que tive esse pressentimento. Mas não temos outra saída. Veja-se no espelho — Kalazar fez com que um imenso espelho de cristal aparecesse naquele instante.

A bruxa fechou as pálpebras.

Não tenho mais coragem, sinto que estou apodrecendo por dentro — disse ela pausadamente. — Por favor, Kalazar, consuma com isto daqui.

Perdão — disse ele, fazendo o espelho desaparecer do local.

Apenas cumpri com minhas obrigações e me transformaram nisto. Todo o meu poder... Toda minha beleza. Perdi tudo. Fui transformada nisto!

Nenhum de nós teve culpa — concluiu ele.

Não vejo desta maneira — disse ela, com ódio no olhar.

Mas eu deixei uma porta aberta e ela acaba de se mostrar.

Você fala como se fosse muito fácil. Se eu jogar a ruflas, eles virão atrás de mim.

Eu sei. E jamais te pediria isso se tivesse outra saída.

Ela deu um sorriso triste e fitou o olhar dele.

Jogarei a ruflas. E que Locs nos proteja.

A velha deu um grito estridente. De repente, Kalazar sentiu o chão tremer sob os seus pés. Kalazar e Laura foram puxados por uma força estranha. Ficaram de frente para as estrelas, Laura jogou uma névoa de areia pelo espaço. O céu se abriu. Ao olhar para a estrela maior, Kalazar percebeu que o corpo de Locs não estava mais lá. Sentiu o seu corpo tremer. O céu se fechou e a velha, que havia gastado todas as suas forças, caiu ao chão.

Você conseguiu — murmurou Laura, ainda tremendo, deitada em um dos aposentos do palácio de Kalazar.

Ser é perceber e ser percebido.

(Berkeley)

O que vai mudar os sonhos...

Poder, glória e dinheiro. E você sabe do que é capaz de fazer para consegui-los? Se você é filho de um rei, não necessita de muitos esforços para possuir essa tríade tão sonhada. Mas, se o acaso lhe tirar tudo que a vida lhe deu de mãos beijadas? O desejo ainda assim falaria mais alto? Você será capaz de, no meio da miséria, sonhar com o improvável? E se o mesmo acaso tirar de um príncipe o que ele já possuía por direito e der a um medíocre o que ele não fora nem capaz de sonhar? Bem, se você possuiu o poder, não vai sossegar enquanto não o tiver de volta. E se você não era nada e conseguiu alcançá-lo, será capaz de tudo para mantê-lo. Delicie-se com o poder em uma época em que ele fervilhava na mente de todos, embora ainda fervilhe, mas com uma sutil diferença: a primeira vez na história que um miserável pode sair de sua classe e, mesmo não sendo um nobre, tem a chance de se tornar um grande homem. Ou, melhor dizendo, um grande burguês.

O Renascimento mudou os sonhos. A beleza e a perfeição, o homem nunca as desejou tanto como naquela época. Quem é belo é bom. Às vezes a beleza encobre muitos sentimentos ruins. Mas não podemos negar, ela é capaz de nos levar à glória. Afinal de contas, a sedução é um passaporte precioso para o poder.

Imagine você, possuindo as mais belas mulheres. Então, se você possuir o poder, a glória, o dinheiro e as mais belas mulheres, o que vai mudar os sonhos...

Morte de pan

1723

O assassino, de pé, escondia-se entre as árvores do imenso jardim do maior palácio do mundo. Olhava fixamente para a porta principal, que se encontrava fechada. Vestido como um camponês, observava friamente tudo o que ocorria ao seu redor. Próximo a ele havia jardineiros que cumpriam suas obrigações com tanto rigor e habilidade que não se davam ao trabalho de perceber a presença do assassino. O assassino havia chegado há pouco tempo na cidade. Um jovem bonito, alto e de família humilde. Pediu emprego ao senhor. E este, vendo a situação em que o jovem se encontrava, colocou-o como ajudante de jardinagem do palácio. O senhor ficou com pena da situação do jovem, que havia lhe dito: "não tenho nem o que comer e preciso de um trabalho para me alimentar." Desde então, o assassino passou a se juntar todas as manhãs com os jardineiros. O senhor já era bem velho e servia à Família Real desde sua juventude, tornando-se um empregado de confiança do rei. Por isso, era o responsável por empregar os jardineiros.

Era uma linda manhã de sábado e o majestoso palácio estava sendo preparado para uma grande comemoração. Todos os empregados estavam ocupados com a recepção.

O movimento por fora do palácio era intenso, mas dentro dele o silêncio ainda prevalecia. A Família Real deveria estar dormindo.

O assassino observava toda a movimentação, esperando a oportunidade de agir. Ele sabia que este dia era o dia certo para matar Pan Nômades, filha do maior burguês do continente Europeu. Uma maravilhosa mulher! Jovem, com 24 anos. Muitos dos seus amantes iriam sentir sua falta, mas muitas pessoas iam festejar sua morte. "Morrerá no dia que mais desejou viver", concluiu o assassino friamente.

O assassino percebeu quando as janelas do palácio começaram a ser abertas pelos empregados. Houve a chegada de um mensageiro do rei e a porta principal foi aberta para que ele entrasse no palácio. Após sua entrada, a porta tornou a ser fechada, mas em questão de minutos a porta se abriu e o mensageiro foi embora. Um dos mordomos novamente fechou a porta, mas a abriu em seguida para receber a entrega de pratarias.

Empregados entravam e saíam para organizar tudo. Houve uma pequena discussão entre duas moças. Uma delas havia deixado cair algumas taças de cristal, a outra percebeu e chamou a atenção dela. Havia chegado o momento exato para o assassino colocar o seu plano em prática.

No meio de tantos empregados, pessoas entrando e saindo do palácio e muitos jardineiros que foram contratados para ajudarem na cerimônia, o senhor que o empregou não perceberia a sua falta. "É agora", pensou o assassino, abandonando os jardins e caminhando em passos rápidos em direção ao quarto de um dos mordomos, que ficava metros de distância do palácio. Chegando ao local, tomou um banho rápido, penteou o cabelo cuidadosamente e vestiu-se como o mordomo.

Esse mordomo trabalhava há pouco tempo para a Família Real, apenas estava lá para ajudar o assassino. O assassino estava muito contente com o mordomo, pois ele fazia tudo certo. E conseguiu até manter relações informais com Pan.

Mas, em se tratando de Pan, não duvido das intimidades que o mordomo disse que manteve com ela — disse o assassino para si mesmo, olhando-se no espelho e ajustando a gravata borboleta em seu pescoço. Nem de longe se parecia com o jardineiro de minutos atrás. Era um belo homem, bem-vestido, com um olhar verde intenso, vazio e frio, que entrará cuidadosamente no quarto de sua vítima e ninguém pensará nada de ruim sobre ele. Afinal de contas, um homem de aparência tão sutil não pode, de forma alguma, ser visto como um assassino. Isso apenas na imaginação dos outros, que acreditam que apenas um homem feio fisicamente e pobre pode ser capaz de matar. E que os belos e ricos são bons e perfeitos.

O assassino pegou um pequeno punhal em forma de cruz e o escondeu em seu terno negro, colocando-o em um dos bolsos. Olhou para o relógio que estava na parede e sentiu o sangue gelar em suas veias. Saiu com cuidado do quarto, fechando a porta. De volta ao campo, olhou com firmeza para o horizonte e aumentou seus passos, caminhando em direção ao seu destino.

Após ter caminhado alguns metros, voltou a avistar o palácio. Aproximando-se mais, percebeu que a enorme porta de madeira ornamentada com ouro ainda estava aberta. Rainha Cecília, com um maravilhoso sorriso no rosto, saía de dentro do palácio. "Será que me reconheceu?", pensou o assassino, abaixando o rosto. "Não, ela não me viu". O assassino se apressou, andou rapidamente para entrar no palácio. Quando estava prestes a entrar, escondeu-se por trás de uma das pilastras minuciosamente trabalhadas.

— Pan! — sussurrou o assassino, ofegante ao olhar para a mulher que saía em direção ao campo.

Uma linda mulher de intensos olhos azuis, pele alva, cabelo loiro, alta e muito bem-vestida, saía nervosa de dentro do palácio.

O assassino prestou atenção em cada movimento de Pan. Quando percebeu que ela já estava distante, saiu por trás da pilastra com cuidado. "Agora entro em seu quarto, me escondo e, quando ela voltar, a mato." Pensou ele, passando pela porta principal.

Ao entrar, deu de frente com o mordomo.

Leve-me até o aposento dela — ordenou o assassino friamente.

Mude os planos — murmurou o mordomo. — Ela acaba de sair sozinha para o campo. Vá atrás, será mais fácil para você fugir depois.

O mordomo acompanhou com o olhar aquele homem saindo com ânsia em direção ao campo e, após alguns segundos, fechou a enorme porta.

O assassino caminhou até o campo e retirou um dos cavalos. "Ela não deve estar muito longe. Não está acostumada a andar a cavalo", pensava ele, galopando em direção ao norte.

Pare o seu cavalo! — rosnou o assassino ao avistar Pan. Ela se assustou com os gritos. Desceu de seu cavalo.

Seu idiota! — disse enfurecida. — Volte agora e diga àquele cretino que não volto enquanto não me vingar daquele filho da mãe! — exclamou Pan.

O assassino desceu de seu cavalo.

Sentiu minha falta, Pan? — perguntou o assassino, puxando-a pelo braço.

A bela jovem ficou pálida.

Não é possível! — murmurou ainda tensa. — Nós te matamos.

Ela estava aflita e não conseguia raciocinar rapidamente.

Não! — gritou ofegante. — Não pode ser! Meu Deus! Você foi morto!

O assassino apertou com força o pulso de Pan.

Não, vocês não me mataram — disse ele, fitando o olhar de Pan. — Eu que vou te matar.

A última palavra do assassino ecoou secamente pelo campo deserto.

Primeira parte

O CAMINHO PARA O FIM

1699-1706

Capítulo 1

Aaaaaaaaaaiiiiiiiiiii... — o gemido ofegante da princesa ecoou por todo o palácio. Ela acabara de dar à luz um menino. Não havia sido um parto tranquilo, a princesa passou muito mal. Após o parto, a Família Real recebeu a notícia de que a princesa Cecília não pode engravidar novamente.

Era uma grande noite no ano de 1699. O Rei Filipo Di Filipo oferecia uma divina comemoração, em seu esplêndido palácio dourado, pelo nascimento de seu neto Lucas Di Filipo, filho do príncipe Filipe Di Filipo com a princesa Cecília Di Filipo Mendonça.

O Rei Filipo nunca esteve tão feliz ao longo de toda sua vida. Enfim, o seu único filho lhe dava um herdeiro. O palácio estava em festa, comemorando o nascimento do neto do Rei.

Um menino. Meu Deus, um homem! — disse o Rei, sorrindo, enquanto tomava o primeiro gole de seu uísque.

Um homem que, depois do senhor, papai, e de mim, será rei — disse o belo príncipe, sorrindo para seu pai.

Toda aristocracia esteve presente naquela cerimônia. O esplêndido salão dourado transbordava felicidade, o som de uma ópera deslizava aos ouvidos de todos, gerando uma expressão dramática de emoção.

Straffffff... — o Rei, que estava sentado à mesa, acabava de cair. E com ele, a imensa toalha se arrastava, fazendo cair taças e pratos de cristal.

O príncipe Filipe, sentado de frente para o Rei, o olhou friamente e engoliu em seco o seu uísque, enquanto assistia com prazer o desespero de seu pai.

Todos correram para socorrer o Rei. No meio de toda beleza, o caos surgiu. Ouviam-se vozes, choros e gritos de desespero. O som da ópera foi encerrado.

Abram espaço! — gritou o doutor.

Um silêncio mortal pairou no ar.

O Rei está morto! — disse o doutor, balançando o rosto com desprezo. — Acredito que foi envenenado.

Ooooooh! — sussurraram os convidados em coro, chocados.

O príncipe não se mostrou surpreso.

A Rainha não suportou a perda de seu rei. Após alguns meses da morte dele, ela enlouqueceu.

Diante da morte súbita do Rei Filipo e da loucura da Rainha Maria, o príncipe herdeiro Filipe de Filipo proclamou-se Rei. E Cecília, sua esposa, a nova Rainha.

Filipe percebeu que ter envenenado o seu próprio pai foi a melhor opção que já havia feito, pois esperar a morte natural de seu pai para sucedê-lo no trono levaria muito tempo. E agora, jovem, bonito, bem-casado e com um filho, já era "o grande Rei".

O novo Rei estava completamente realizado. Seu filho, Lucas, estava com dois anos e era um menino bonito e esperto. Filipe já via nele um futuro rei. Filipe se saía um excelente monarca, apesar das condições desfavoráveis em que assumiu o trono, em meio às revoltas provinciais e disputas entre facções da elite.

Vivia-se nessa época o grande Renascimento, e o humanismo começava a fervilhar na mente daquela cidade. Houve, nesse período, o questionamento de algumas instituições. Entre elas estava a igreja católica, que perdia muito de seus fiéis para o protestantismo. Uma vez que a burguesia, ávida pelo lucro, começava a crescer e a igreja pregava o lucro como algo condenável, esses novos burgueses recorriam a outras formas religiosas. E o rei, que durante a idade média perdeu muito de seu poder para a igreja, neste momento retirava o poder da igreja e o concentrava para si, tornando-se um Rei e Deus ao mesmo tempo. O que levou à reconstituição de grandes monarquias.

A mãe do Rei Filipe, Dona Maria Di Filipo, mesmo após dois anos da morte de seu marido, continuava desequilibrada. E, apesar de toda a mudança no contexto religioso, mantinha-se uma católica fervorosa. Amava muito o seu neto Lucas e gastava o restante de seu tempo se dedicando a ele.

Certa noite, a mãe do Rei teve um sonho, no qual o palácio se transformava em um inferno terrestre. Na manhã seguinte, foi até um comer-

EXPERIÊNCIA QUASE VIDA

ciante burguês e pediu que esse lhe fizesse uma pequena cruz de metal. No dia posterior lhe enviaram o crucifixo. Ela se trancou na cozinha com o seu neto e o colocou sentado em uma cadeirinha de madeira. Depois, retirou o crucifixo de sua bolsa, caminhou com ele até o fogão, acendeu uma das chamas, colocou o crucifixo sobre a brasa e olhou com carinho para o pequeno príncipe. Após alguns minutos, pegou o crucifixo, que estava quente, caminhou novamente na direção de Lucas, que brincava com um tabuleiro de xadrez, pegou o seu neto no colo e retirou a blusa branca de linho que ele vestia.

Xeeeee... — disse ela, acalmando o seu neto. — Não vai doer nada.

D. Maria cravou o crucifixo no peito esquerdo de Lucas.

Aiiiii... Mã... Mãe... "xócorro, tá dodói"... — gritava o garotinho de dois anos, sacudindo os bracinhos e chorando aflito.

Rainha Cecília e o Rei Filipe foram rapidamente até a cozinha para ver o que estava acontecendo e notaram que a porta estava trancada. O Rei mandou que os empregados a arrombassem e, ao entrarem, se depararam com D. Maria abraçada ao pequeno príncipe, que ainda soluçava de dor.

Oh, anjinho da vovó. Não chore, já passou! — disse ela, abraçada ao seu neto. — Não chore, amor — sussurrava D. Maria com uma voz doce.

O que houve aqui? — perguntou o Rei irritado.

D. Maria fingiu não ouvir a pergunta de seu filho e continuou abraçada ao neto.

Você é o salvador! — disse D. Maria, cantarolando no ouvido de Lucas, enquanto tentava acalmá-lo.

O Rei aproximou-se de seu filho, reparou a marca do crucifixo sobre sua pele e o retirou bruscamente dos braços de D. Maria. A Rainha Cecília, contrariada, pegou seu filho dos braços do Rei, levando-o para tratar da queimadura.

Mãe, eu não quero acreditar que a senhora teve coragem de fazer essa maldade com o meu filho — gritou o Rei descontrolado, sacudindo D. Maria. — Por que, mãe? Por que fez isso? — Rugiu ele, soltando-a bruscamente.

Ela o olhava com um semblante infantil, feito uma criança.

Meu filho — disse ela baixinho —, o inferno é este palácio. Ele está amaldiçoado — falava gesticulando com as mãos, feito uma louca. — Coloquei o crucifixo nele, porque apenas ele pode se salvar. Só ele. Você está amaldiçoado, mas ele não — completou, sussurrando e sorrindo feito uma demente.

O Rei Filipe olhava aquela cena com raiva e pena de sua mãe. "Não passa de uma louca!", pensou ele, olhando-a com remorso.

Você está louca, mãe! — gritou, explodindo.

Não, filho! Eu ouço o seu pai e ele me diz que você está amaldiçoado. Ele disse que eu poderia salvar o meu neto — ela sorriu novamente como uma demente. — Eu salvei o nosso príncipe — D. Maria deu um riso exagerado e saiu da cozinha, resmungando palavras sem nexo algum.

O Rei Filipe ficou perturbado com a insanidade de sua mãe, enquanto a palavra "amaldiçoado" ainda girava incomodamente em seu pensamento.

O Rei proibiu de deixarem o príncipe sozinho com D. Maria. A marca do crucifixo não sairia mais da pele do príncipe.

Após esse episódio, passaram-se dois meses e D. Maria não cometeu mais nenhuma loucura, porém continuava a dizer coisas insanas.

Capítulo 2

O reinado de Filipe estava no auge e ele tinha apenas um dissabor em seu caminho: Ross. Filipe era um Rei absolutista. E Ross, como um dos membros do senado, recebia ordens do Rei a contragosto. O maior desejo de Ross era enfraquecer o reinado de Filipe. Para tanto, ele imagina instalar no país um corpo político em que dividirá os poderes em Legislativo, Federativo e Judiciário, sendo que este último não será mais julgado pelo Rei e em tribunal secreto, o que é comum no reinado de Filipe. O Rei não se perturba com Ross, pois vê nele apenas "um agitador medíocre que não conseguirá ir adiante com seus planos", uma vez que é um mero senador, e toda a aristocracia está a favor do Rei. As ideias de Ross são vistas pelo senado como uma forma de dar poder à burguesia e destruir a aristocracia, porém, o que eles não imaginam, e muito menos o Rei, é que esse agitador medíocre está prestes a dar o seu maior golpe.

Era um domingo à noite. A corte estava com um deslumbrante entretenimento: uma requintada apresentação de balé francês sendo apresentada no teatro do palácio. A primeira vez que esse surpreendente grupo de balé se apresentava na corte. Toda a aristocracia se fazia presente para prestigiar o fabuloso espetáculo. Ross compareceu... Como sempre, não estava acompanhado. Ele não era uma pessoa agradável, por isso aparecia sempre sozinho nesses encontros da corte.

A noite havia sido fabulosa. Com o final da apresentação, o balé se retirou em partida. Os convidados se retiraram. O Rei e a Rainha foram felizes para o aposento real.

D. Maria, antes de recolher-se, teve um mau pressentimento e, escondida de todos, caminhou em direção ao quarto de seu neto. Mas, ao entrar sorrateiramente, ficou desesperada ao encontrar as empregadas que cuidavam dele desfalecidas no chão. Lucas não se encontrava no quarto. D. Maria gritou como uma louca que era e, de tão impactante e forte que eram seus berros, todos os guardiões ouviram e correram até ela. O Rei e a Rainha saíram desesperados do aposento real em direção ao aposento do príncipe e perceberam, em pânico, que o príncipe havia sido sequestrado.

Quero meu filho! Quero meu filho! — gritava a Rainha desesperada.

Rainha Cecília e D. Maria gritavam e soluçavam descontroladamente.

A bela Rainha olhou para o Rei com os olhos inchados e vermelhos, tentando encontrar nele algum alívio para sua dor infernal. O Rei a olhou com tristeza, enquanto sentia o sangue gelar em suas veias, e a abraçou com firmeza.

Encontre o nosso filho! — soluçou a jovem Rainha, encostando os seus lábios no ouvido esquerdo do Rei.

Apenas retorno ao palácio quando eu encontrar o nosso filho — disse o Rei, enquanto a abraçava.

Naquela mesma noite, a guarda real, acompanhada pelo Rei, saiu à procura do príncipe. Invadiram vilarejos e destruíram casas.

Passaram-se algumas semanas, mas o Rei não desistia de procurar por seu filho. Ele havia prometido à Rainha que voltaria apenas com o príncipe, e estava disposto a continuar a busca, não se importando com o tempo que iria gastar para encontrá-lo.

O Rei andou por todo o mundo e não obteve nenhuma pista do príncipe. Já estava há três anos fora do palácio. Começou a perceber o que não queria enxergar: "o príncipe deveria estar morto". Quando esse pensamento rodava na mente do Rei, sua vontade era de morrer. Ele sentia uma dor infernal, mortífera e lenta, que infiltrava no fundo de sua alma real. "Mas quem? Quem faria a loucura de matar meu filho?", pensava ele, com ódio. "Seja quem for, eu o matarei e me vingarei pelo sangue de meu único e amado filho".

O Rei já estava exausto e percebeu que de nada adiantava, sua busca havia chegado ao fim. Agora era o momento de sua decisão mais amarga: retornar ao palácio derrotado, com sua tropa, e ter que encarar o olhar vazio e dolorido de sua amada Rainha, junto ao desespero e a loucura de sua velha mãe, mas não lhe restava outro destino. Ao amanhecer do dia seguinte, o Rei partiu em retirada.

Fazia um dia feio de verão, o céu estava nublado e parecia que ia acontecer uma tempestade a qualquer momento. O tempo estava seco e abafado, a tropa galopava em seus cavalos de raça negros e puro sangue, todos já cansados e decepcionados com o resultado. Os soldados provavelmente agradeceriam se chovesse, pois o calor era insuportável. Ao passarem por uma vila, o Rei ordenou que a tropa parasse. Viu um menino imundo e rasgado, caído no chão, ao lado de uma velha pobre e imunda. Ela abraçava o menino que chorava em seu ouvido por sentir fome. O garoto devia ter a mesma idade que o príncipe. O Rei se aproximou daquele cenário inóspito, descendo rapidamente de seu cavalo.

Posso ajudar? — perguntou o Rei para a velha.

A velha levantou o pescoço e o olhou com ódio. Parecia rancorosa e fitou o seu olhar no dele.

Os seus soldados destruíram esta vila há algumas semanas. Cof, cof... — ela tossia e forçava para conseguir falar. — Procuravam uma criança... Cof... Como não sabíamos, destruíram tudo e mataram inocentes, sobrando apenas eu e meu neto.

O Rei percebeu que ela já estava quase à beira da morte. A voz dela era grossa e estridente, e tinha dificuldade para pronunciar as palavras. Deu as costas para a velha, caminhando para perto de sua guarda.

Peguem o menino! — ordenou o Rei aos seus soldados. – Irei levá-lo comigo — disse ele, montando em seu cavalo.

E a velha, o que faremos com ela? — perguntou um dos soldados.

Não façam nada — respondeu o Rei irritado. — Deixem-na aí. Não posso fazer mais nada por ela, já está prestes a morrer.

Um dos soldados desceu de seu cavalo, caminhou até a velha e, retirando os braços dela de cima do menino que chorava, colocou-o em cima de seu cavalo e montou novamente, levando o garotinho que soluçava.

A velha retirou suas últimas forças para se arrastar até chegar perto do Rei. Olhou com tristeza para seu neto, que berrava de medo e levantava os bracinhos na tentativa de retornar ao colo dela. Naquele momento, pôde perceber sua fragilidade, viu que não teria o seu neto de volta. A morte estava à sua espera, mas não partiria sem antes dizer todo o desprezo e repulsa que sentia por aquele belo e jovem Rei.

— O senhor será amaldiçoado. Cof... Cof... — ela forçou para levantar o corpo, mas não conseguiu e, em uma tentativa desesperada, ajoelhou-se diante do Rei. — Toda a dor e destruição que nos causou, passará em sua casa. O senhor terá uma vida desgraçada. Toda a sua geração sofrerá junto com o senhor.

A velha, após pronunciar a última palavra, caiu morta no chão.

Capítulo 3

O Rei retornou ao seu palácio. Rainha Cecília o avistou entrando junto com uma criança. Correu ao seu encontro, acreditando que o menino era o príncipe, porém, ao se aproximar, viu que não era seu filho. Ficou atormentada e não quis chegar mais perto da criança. Com o descaso da Rainha, o Rei colocou o menino aos cuidados de uma criada.

Ao perguntar por sua mãe, o Rei teve o dissabor de descobrir que ela não suportou o sofrimento da perda de seu neto e acabou cometendo suicídio, jogando-se da torre mais alta do palácio, em uma noite de sexta-feira treze, enquanto todos dormiam. A bela vida do Rei havia se transformado em uma grande desgraça. Por alguns segundos, se lembrou do mal que havia cometido contra o seu próprio pai.

— Maldição! — rosnou o Rei, trancado em seu escritório, com os olhos inchados e vermelhos, batendo com força o punho fechado contra a mesa de diamantes.

O Rei estava desnorteado. Já havia perdido o filho e, como se não bastasse, agora a morte de sua mãe. Apesar de D. Maria ter ficado louca, ele a amava muito e sentiu a perda dela com a mesma intensidade que sentia a de seu filho. Para tentar amenizar um pouco o sofrimento, tentou se aproximar de Eduardo, o garotinho que pegou para criar.

Ross tentou fazer um levante contra o Rei, mas o senado, em unanimidade, foi contra ele.

— Porcos! — rugiu o senador Ross. — Vocês são porcos que vivem contando com as migalhas do desgraçado! Escória real — encerrou Ross com agressividade contra o senado. Levantou-se de sua cadeira de senador e saiu. Quando o Rei teve notícias do ocorrido, ordenou que Ross fosse morto imediatamente, mas Ross foi mais esperto e conseguiu fugir antes que fosse pego.

Na política, tudo estava dando certo. Rei Filipe detinha todo o poder em suas mãos, era dono de tudo e de todos, nada era decidido no Estado de Santa Cruz sem que ele desse a última palavra. A contribuição científica podia ser sentida. Em sua época havia universidades na cidade e, mesmo com o Renascimento e revoluções surgindo por toda parte do mundo, o Rei mantinha um Estado forte e unificado em seu poder.

O Renascimento trouxe uma revolução na educação e um maior acesso ao aprendizado para os laicos. No entanto, em Santa Cruz, o escolasticismo, o velho saber medieval, ainda não havia sido completamente ultrapassado pelo humanismo. O Rei podia tratar como sua fazenda particular o tesouro, para o qual afluíam as porcentagens dos impostos recolhidos em todas as províncias do Império e que se destinavam à manutenção do exército e da marinha. Ainda mais, o Rei podia dispor à vontade da renda proveniente da cidade, que era propriedade privada da coroa, e tinha o direito de avançar na guerra. Tudo isso sem prestar conta. Sem contar que a escravidão de seres humanos ainda era vista com bons olhos pela corte.

Cinco anos já haviam se passado do sequestro do príncipe e Eduardo, o novo príncipe herdeiro, já estava com sete anos. A Rainha havia começado a se dedicar mais a ele, dando amor e carinho de mãe para Eduardo, como se ele realmente fosse o seu filho legítimo. Ela aprendeu a amá-lo e ele correspondia o amor dela na mesma proporção. Hélfs, uma linda garotinha de sete anos, a mesma idade que Eduardo, havia perdido os seus pais em um naufrágio. E seu avô, o Duque francês Baco De Orfleans, era quem cuidava dela. Por ele ser muito amigo do Rei Filipe, nas férias, sua netinha viajava para o novo continente, onde ficava sob os cuidados de Rainha Cecília, que a amava como uma filha. Hélfs e Eduardo se tornaram grandes amigos, brincavam e se divertiam juntos. Eram como verdadeiros irmãos.

Tudo poderia estar indo bem, se não fosse uma doença que havia acometido a jovem e bela Rainha Cecília e que médico algum fora capaz de descobrir a cura. A Rainha Cecília sentia fortes dores de cabeça, que eram contínuas. O Rei e a Rainha viajaram por todo o mundo à procura da cura, mas todos os médicos davam a mesma resposta: "Não somos capazes de entender e muito menos possuir a cura para a doença." A dor vinha a qualquer hora do dia. Cecília chegava a gemer e tremer todo o seu corpo por causa da dor. O Rei não suportava mais ver sua amada definhando lentamente. Recebeu a notícia de que havia um africano, que era o curandeiro de sua antiga tribo e já havia salvado muitas pessoas quando se encontravam enfermas. O Rei contou esse caso à Rainha e ela pediu que ele o trouxesse até ela. Apesar de não acreditar muito que esse homem pudesse salvá-la, por não ter outra esperança, o Rei viajou na manhã seguinte.

Se você conseguir salvá-la, poderá me pedir o que desejar — disse o Rei começando a acreditar no curandeiro.

Eu não exijo pagamento, apenas digo para me darem o que acharem que for justo. De algumas pessoas, ganhei consideração, de outras, fortunas! Embora seja um rei, te tratarei como qualquer outro e me dê apenas o que for justo. Nada mais, nada menos — disse Kalazar, com firmeza, enquanto olhava assombrado para os olhos verdes do Rei.

O Rei sorriu com esperança e balançou a cabeça em sentido positivo.

Foi uma viagem demorada e cansativa e, quando enfim chegaram ao palácio, a Rainha estava trancada em seu aposento, sofrendo com sua dor infernal. O Rei levou o curandeiro até ela. A Rainha sorriu quando viu seu Rei e reparou no homem ao lado dele. Kalazar era alto, de olhos azuis intensos, sua pele negra como a noite, um homem de meia idade e belo. Possuía uma paz dentro de si e um olhar de ternura incrivelmente espontâneo.

Kalazar aproximou-se mais dela e beijou a sua mão, reverenciando-a como Rainha.

Uma bela Rainha — disse ele. — Vocês não têm o direito de atormentá-la — sussurrou ele, passando sua mão direita pela testa dela, que suava. — Saiam já! — Disse ele quase gritando, enquanto jogava os seus dois braços no ar, como se lutasse contra algo invisível.

O Rei olhou para tudo com espanto. "Será que tomei a decisão certa?", pensou o Rei, começando a achar Kalazar um charlatão.

Preciso que vossa alteza saia, pois necessito ficar sozinho com ela — disse Kalazar ao Rei.

O Rei Filipe por um instante hesitou, mas viu que aquela era sua única esperança, então abriu a porta e desapareceu pelos imensos corredores do palácio.

Assim que o Rei deixou o aposento, Kalazar fechou todas as janelas e cortinas. Cecília o observava, porém não sentia mais medo. Por algum motivo, ela confiava naquele homem.

Vamos começar? — perguntou ele.

Sim — disse ela, confusa.

Ele retirou uma garrafa de sua velha mochila e, em seguida, tomou todo o líquido contido dentro daquele estranho frasco. Passados alguns segundos, guardou a garrafa novamente em sua mochila e aproximou-se do leito da Rainha. Já com algumas ervas nas mãos, começou a passá-las em volta do corpo da Rainha em movimentos circulares. Em alguns momentos, as batia de leve sobre a testa dela, ao mesmo tempo em que murmurava palavras e sons desconhecidos. Com o passar das horas, a Rainha entrou em um sono profundo.

Saiam! Eu ordeno! Saiam e não voltem nunca mais. Deuses malditos! — repetia Kalazar, enquanto movimentava a esmo os seus braços. Suas mãos abanavam, segurando uma erva queimada que soltava uma fumaça, perfumando o quarto com cheiro de jasmim.

O Rei esperava no corredor, aflito, enquanto ouvia de lá os sons desordenados que eram pronunciados por Kalazar.

A porta do aposento real foi aberta e Kalazar, visivelmente esgotado, saiu de lá. O Rei caminhou até ele.

Então? — perguntou o Rei, aflito. — Como ela está?

Está dormindo um sono profundo — disse Kalazar, ofegante. — Depois que ela despertar, essas dores nunca mais serão sentidas por ela.

O Rei sorriu.

Mande seus empregados abrirem todas as janelas do palácio e apenas voltem a fechá-las depois que a Rainha acordar — concluiu Kalazar, limpando com um pano o suor que escorria de sua testa.

O Rei fez o que ele lhe recomendou. Ordenou que as novecentas e trinta e sete janelas do palácio fossem abertas imediatamente. Apesar de querer acreditar na cura dela, ele ainda continuava um pouco incrédulo. Após dar as ordens, trancou-se com Kalazar em seu escritório.

Hoje você dormirá aqui — disse o Rei, sentando-se em um de seus tronos enquanto olhava para Kalazar, que estava sentado de frente para ele. — Amanhã, se ela estiver curada, te dou o que for justo.

Assim que os primeiros raios de sol bateram em sua janela, a Rainha despertou. Bela e incrivelmente alegre. Não sentia mais aquela dor insuportável e disse isso ao Rei, que, ao saber, a abraçou e a beijou contente. Ele sentia a paz voltando em suas vidas. "Como ele foi capaz de fazer isso?", imaginava o Rei, enquanto Cecília sorria e o abraçava. Deixou seus pensamentos de lado e se entregou completamente à emoção de ver a mulher que tanto ama curada.

Mais tarde, junto com a Rainha, o Rei recebeu Kalazar no escritório. Quando Kalazar entrou, a Rainha correu até ele e se ajoelhou para agradecê-lo.

Não faça isso! Não fiz nada além do que devo fazer, fiz apenas o bem — disse Kalazar, levantando-a.

Em seguida, ela deu-lhe um abraço forte e sincero.

Após todos os agradecimentos, o Rei pediu que a Rainha o deixasse a sós com Kalazar.

O que era? — perguntou o Rei, levantando as sobrancelhas depois que Rainha Cecília saiu.

A Rainha não estava doente — afirmou Kalazar com convicção.

Não brinque comigo! — exclamou o Rei, irritado. Kalazar o olhou com curiosidade.

Por que eu brincaria com um homem que é capaz de matar o próprio pai?

Rei Filipe ficou atônito. Fitou cinicamente o olhar de Kalazar.

Essa era a doença da Rainha — continuou Kalazar calmamente. — Os espíritos a perturbavam. Não apenas o de seu pai, mas também o de pessoas a quem vossa alteza já causou muito mal. E quanto a isso, nenhum doutor poderia salvá-la.

O Rei Filipe estremeceu, mas fingiu tranquilidade.

E o que você me sugere fazer, Curandeiro? — perguntou, mal-humorado e com um tom de ironia.

Eu? Nada. Você criou os seus problemas, agora os resolva.

Certo! Já que não há solução, solucionado está. Meus sinceros agradecimentos. Agora vá e comece a viver. Sua fazenda e seu ouro já esperam por você. Meus emprégados te levarão até o local.

Estou grato, mas não achei justo o pagamento. Sendo assim, proponho uma troca. Já tenho ouro, dinheiro e tudo o mais. Já ganhei castelos e muito mais. Como você é um rei, quero mais de você. Libertei sua mulher e quero que você liberte o meu povo. O senhor não sabe o valor da liberdade! — disse com um semblante sério.

Agora sei, valeu a vida da minha amada. Agora entendo o valor da liberdade — concluiu o Rei, mostrando-se grato pela primeira vez em sua efêmera vida. — Mas não temos apenas africanos como escravos, temos outras raças também. Portanto faremos diferente. Não serei o rei que irá libertar os escravos, mas garanto a ti que sairá da minha linhagem o rei que vai abolir o tráfico de seres humanos.

Confio nas suas palavras, mas fico com o ouro e a fazenda também.

Fui justo? — perguntou o Rei.

Pelo material, digo que já conquistei ainda mais do que pode imaginar, mas, pela liberdade, foi a mais justa que já ganhei. Fizemos uma boa troca — disse Kalazar se despedindo.

Kalazar se retirou do escritório, mas o Rei continuou lá, pensando em tudo que já havia feito.

Alguns anos se passaram. Eduardo, o príncipe herdeiro, completava dez anos de idade e o Rei achou importante enviá-lo para o continente europeu, pois lá é o centro mais reverenciado de estudos do mundo, grandes mestres lecionam naquele continente. Eduardo não teria apenas o estudo escolástico, mas também o humanismo. Foi enviado para lá e retornará ao seu país apenas quando estiver com vinte três anos de idade e houver concluído todos os seus estudos.

Segunda parte

Os prazeres – sofrimentos e desejos

1721

Capítulo 4

"Pegue suas coisas e dê o fora. Vá embora sua desgraçada, sua vadia... antes que eu a mate!"

Existem acontecimentos na vida que são difíceis de esquecer. Lucas, depois de 17 anos, ainda lembrava nitidamente desse dia: "um beberrão... um porco nojento!" Havia noites em que o belo menino preferia dormir nas ruas estreitas e fedidas da cidade de Hobbes do que ter que ir para casa. Durante três dias da semana, o "porco" não dormia em casa, e esses eram os dias mais felizes para o menino e sua jovem e bela mãe. No lugar dele, vinham os tios. Nesses dias, a jovem ficava à espera deles. Eles vinham, depois saíam e deixavam dinheiro. Os vizinhos não gostavam dela, chamavam-na de "mulher da vida", mas seu pequeno filho não se importava. O belo menino a amava mais que tudo no mundo. Ela não era feliz, apenas fazia aquilo para sobreviver.

— Cadê aquela vadia? Anda, me responda! — gritava o porco, quase babando de tão bêbado.

Silêncio.

O homem branco com olhos azuis, feio, de meia idade e com um cheiro de gambá, começou a agredir o pequeno garoto, dando-lhe socos e pontapés. A jovem ouviu os gritos e saiu desesperada do quarto, acompanhada por outro homem feio e branco que, quando viu o "porco", saiu correndo como um covarde. A jovem tentou defender seu filho, mas pouco adiantou. O porco a agrediu e depois arrastou ela e o menino para fora da casa. Não tinham para onde ir, era inverno e as noites de inverno em Hobbes são monstruosas! Tentaram pedir abrigo, mas todos negaram. Então se arrastaram novamente para a porta da casa do miserável. Ela o chamou, pediu socorro, implorou, mas ele nem se deu ao trabalho de respondê-la. Vendo que não havia outra saída, se deitaram em frente à porta da casa.

Ela retirou o seu casaco e o colocou sobre o menino, que se segurava para não chorar na frente dela, ficando apenas com um vestido velho e gasto. O menino teimou em aceitar o casaco, mas sua mãe o obrigou a se cobrir. Os olhos cintilantes do menino se encheram de lágrimas, por saber que ela sentia muito mais o frio que ele. Começou a abraçá-la com seus pequenos bracinhos. Essa foi a primeira e última vez que ele a apertou tanto. Nessa noite, Lucas não dormiu, mas a bela jovem dormiu para sempre.

O silêncio do vazio foi interrompido com alguém batendo na porta. Levantou-se da velha poltrona, saiu do quarto, passou pela pequena sala e abriu a porta, que rangeu.

Entre — disse Lucas.

O homem branco, baixo, de feições clássicas e magro, entrou na sala. Parou, olhando com desprezo tudo que estava à sua volta.

Vim para me despedir — disse o homem, retirando as mãos de dentro do bolso de seu paletó negro.

O homem retirou de dentro de seu paletó um envelope branco e o entregou nas mãos de Lucas.

Lucas pegou o envelope.

Jogue fora tudo que for referente ao seu passado. Você não pode falhar, tem que extinguir a Família Real — ele apontou para Lucas. — Não deixe que sobreviva uma gota sequer deste sangue. Entendeu?

Não se preocupe. Fui muito bem pago, não cometo erros – respondeu Lucas, descruzando os braços. Lucas olhou para ele de um jeito enigmático. — Vou executar com perfeição. De agora em diante, começo a pagar minha dívida.

Lucas abriu a porta.

Seu presente de aniversário — disse o homem, saindo.

O homem sumiu. Uma linda mulher alta, ruiva, de peitos fartos e corpo escultural entrou. Lucas fechou a porta. Ele a retirou da sala, levando-a para o quarto. Jogou-a sobre a cama. Parou por alguns segundos e observou o corpo dela nu, vendo o quanto era linda. Jogou-se sobre ela. Ela era ardente, sedutora e gemia de prazer, estava amando fazer sexo com ele. "Nunca estive antes com um homem tão belo e que me excitasse tanto", pensou.

Lucas estava a caminho de ter tudo o que sempre sonhou, mas, para tudo que sonhamos, temos que pagar um preço.

EXPERIÊNCIA QUASE VIDA

Dois homens vestidos com casacos de couro legítimo, sentados em uma mesa, com uma garrafa de uísque sobre ela, despertavam a atenção de quem estava naquela taberna, em uma noite fria na cidade de Florença. Os dois homens ricos e misteriosos conversavam horas a fio.

Se vivi até aqui foi para ver a queda dele — disse o jovem e belo homem de olhos verdes. — Como posso me esquecer daquela cidade perdida, tomada pelos homens daquele desgraçado que matou minha família? Eu os vi matando meu pai covardemente! — Ele fixou o seu olhar furioso nos olhos do outro homem. — Minha mãe tentou se esconder com minha irmã, mas não adiantou. Eles atearam fogo na casa, com elas dentro — ele interrompeu o assunto por alguns segundos e engoliu de uma vez só a bebida que estava em seu copo. Logo em seguida, bateu com força o copo sobre a mesa e continuou: — o pior foi ter que conviver e chamar o homem responsável por tudo isso de pai — disse com cara de fúria. — Aquele infeliz me puxou e disse "que me levaria de presente para sua Rainha, que havia se tornado estéril." Eu tinha apenas cinco anos. Ele acreditou que eu ia me esquecer daquele dia, mas têm coisas que ficam gravadas em nossa mente e nem o tempo é capaz de apagar — ele balançou a cabeça. — O ódio e o sofrimento são umas dessas coisas — disse ele, asperamente.

Seu pai é o homem que você mais odeia.

Coisas do destino — disse o belo príncipe com um sorriso amargo.

Destino! — repetiu o velho lentamente. — Soa como uma ótima palavra, gosto dela — disse ele, pensativo.

O jovem colocou o copo sobre a mesa e puxou a gola de seu casaco negro.

— Até a próxima. Vou me recolher, pois tenho uma viagem longa pela frente, para retornar com Pan Nômades ao meu palácio e rever o meu querido papai — disse sorrindo e saindo de dentro da taberna.

"É, ainda tem muito que aprender.", pensou o velho, vendo Eduardo ir.

Capítulo 5

— Andem! Façam rápido! — ordenava Rainha Cecília a seus empregados, andando de um lado para o outro dentro do palácio. — Quero este lugar belo como nunca se viu antes. Troquem estes quadros! Quero algo novo, mais vivo. Já sei! – disse empolgada. — Coloquem quadros do pintor Jacopo Tintoretto!

O Rei Filipe havia acabado de acordar e, vendo todo aquele movimento dentro e fora do palácio, saiu à procura da Rainha.

Ah, querida! Assim você vai enlouquecer! — exclamou o Rei enquanto beijava a face dela. — Fique calma, não temos mais idade para ataques de nervos — disse ele, com uma voz suave ao ver o ânimo dela.

Eu, nervosa? — perguntou ela, assustada. — Claro que não! Estou feliz como nunca — disse sorrindo. — Depois de treze anos sem ver nosso filho, hoje ele volta.

O Rei não estava tão empolgado quanto ela. A Rainha se aproximou dele sorrindo e o abraçou feliz.

Ele não é nosso filho — sussurrou ele baixinho no ouvido dela.

Ela estremeceu e se soltou dos seus braços. Ele manteve-se em silêncio e fitou o olhar dela, que naquele momento era de pura fúria pelas últimas palavras pronunciadas por ele.

Como você ousa dizer isso? Ficou louco? — disse ela, quase gritando. — Ele é, sim, nosso filho — disse, passando a mão no rosto dele. — Nós que o criamos, que demos a ele amor. É isso que importa. E hoje ele retorna para a nossa família. Ele nos ama, ele era apenas uma criança de cinco anos. E nenhuma criança nessa idade vai lembrar-se de seu passado.

Está bem, Cecília, você venceu! Na verdade, estou até contente pelo retorno dele — disse ele forçando um sorriso. Apesar de já não serem mais jovens, o Rei e a Rainha continuavam belos, uma beleza mais madura, mas ainda assim belos.

O palácio estava radiante, os convidados já haviam chegado. Todos esperavam ansiosos pela chegada do príncipe. Dentro do salão dourado estava preparada uma grande recepção para homenagear o retorno dele e comemorar o seu aniversário de vinte e três anos. A Rainha nunca se esquecia da data, afinal de contas, Eduardo e Lucas faziam aniversário na mesma véspera.

O palácio havia sido desenhado no século XIV por Pedro Machuca, que tinha estudado na Itália, com Michelangelo. Quando o príncipe e Pan entraram, sentiram-se pequenos perto de tamanha grandeza. O pátio era circular, com enormes pilastras de mármore. As linhas eram puras e elegantemente sublinhadas com uma decoração moderada de medalhões antigos e baixos-relevos com motivos clássicos. Pararam por alguns segundos e apreciaram o esplendor de 17 andares todos iluminados.

Rainha Cecília foi avisada de que o príncipe havia acabado de chegar. Saiu correndo ao seu encontro. Ao avistá-lo de longe, lágrimas de alegria molharam sua face e, como uma criança, correu até ele.

Eduardo! Meu filho — sussurrava ela, enquanto apertava com força o corpo de seu filho contra o seu. Ela quase o sufocava. — Eu te amo — sussurrava ela. — Não suportava mais de saudade! Você não pode imaginar a falta que me fez. Oh, Meu filho! Eu te amo!

Mãe, não chore! — disse ele, soltando-se dela com cuidado. — O seu filho voltou, não está vendo? E como a senhora pode ver, muito melhor. A senhora não acha que esses anos distantes me fizeram muito bem?

Silêncio. Ele deu um novo sorriso para ela.

Oh, meu filho! Não ironize a saudade de tua mãe. Mas realmente, você se transformou em um homem maravilhoso! – disse ela, olhando encantada para ele. — O seu olhar está mais brilhante e vivo. O seu sorriso é o mais lindo do mundo. Se existe perfeição, você é ela. Apenas lamento por não ter acompanhado de perto o seu crescimento. E que grande filho você me saiu — disse ela, em tom de repreensão. — Não foi capaz de me enviar um retrato pintado. Ficava tentando imaginar o seu rosto. Até sonhava com você, mas garanto que você está ainda mais belo do que pude imaginar — ela sorriu e o reparou intensamente. — Parece muito com o seu pai.

EXPERIÊNCIA QUASE VIDA

Após pronunciar a última palavra, a Rainha ficou em silêncio.

Quero te apresentar esta senhorita. Chama-se Pan — disse Eduardo quebrando o silêncio.

A emoção de ver seu filho novamente foi tão grande que Cecília nem havia percebido a bela mulher que estava ao lado dele.

Pan? — Repetiu ela eufórica e sorrindo gentilmente para a moça.

Sim, esta é Pan Nômades, minha namorada, mamãe — disse ele sorrindo.

A Rainha ficou assustada, pois não podia imaginar que ele levaria uma namorada para o palácio.

Prazer — disse Rainha Cecília ainda chocada, mas tentando mostrar controle. "Ela não é uma aristocrata!" Esse pensamento desagradável vagava pela mente dela. "Mas se ele a trouxe aqui, é porque o namoro é sério. Filipe não vai gostar nada disso", pensou ela aflita, pois sabia que o desejo do Rei era que ele se casasse com uma nobre, e não com a filha de um burguês. "Tudo bem que é a filha do maior burguês do mundo, mas isso, para Filipe, não adianta em nada. Muito pelo contrário, torna a situação ainda pior."

Pan Nômades beijou a face da Rainha.

O prazer é todo meu — disse Pan.

Cecília voltou para o príncipe com um olhar de insatisfação.

Eduardo, você não disse nada sobre ela nas cartas que me enviava — disse em um explícito tom de correção.

Eduardo e Pan se olharam.

Ela não perdeu a oportunidade e sorriu para a Rainha.

Têm muitas coisas que a senhora ainda não sabe — disse ele tentando justificar-se.

Creio que sim meu filho! Conheço pouco ou quase nada sobre você, mas agora terei todo o tempo do mundo para te conhecer. Chega de conversa e vamos entrar — disse ela, quebrando o ar frio entre eles. — Uma pequena recepção aguarda por você, meu filho, no salão dourado — ele se assustou e parou de andar. — Feliz aniversário, meu amor! — disse ela, voltando a abraçá-lo calorosamente. — Ai, meu Deus, quase me esqueço!

Eduardo, pela primeira vez, sorriu espontaneamente.

Eles foram levados pela Rainha para dentro do palácio. Eduardo olhava para tudo ao seu redor entusiasmado. Ao mesmo tempo, sentia-se infinitamente mesquinho no meio de tanta opulência.

— Subam com as malas do príncipe e de Pan — ordenou a Rainha aos empregados, ao passar pela primeira sala do palácio. — Mais uma coisa, coloquem as malas no mesmo aposento. Apenas em meu tempo que os namorados dormiam em aposentos separados — disse Cecília para os dois, que riram enquanto caminhavam em direção ao salão dourado.

O príncipe olhava para o esplendor do palácio, subindo a escadaria de mármore imensa.

O palácio fora feito para impressionar quem o visse. As paredes erguiam-se por mais ou menos 30 metros até a exaltação do afresco no teto, onde deuses e deusas amontoavam-se em mitológicas profusões. Ao chegarem ao final da escadaria, foram conduzidos ao salão dourado. Rainha Cecília pediu que o príncipe continuasse escondido atrás da cortina negra que dava entrada para o salão. Ela entrou com Pan e todos os convidados olharam para elas.

Essa linda moça é um presente do príncipe Eduardo para mim e para o Rei Filipe — disse Cecília sorrindo, tentando apresentá-la da melhor maneira possível, para evitar o desconforto de todos quando fossem avisados de que o príncipe está namorando a filha de um burguês. — Nós, que não pudemos ter tido uma filha, agora ganhamos de presente a futura princesa deste reino. Apresento-lhes a maravilhosa senhorita Pan Nômades.

O sobrenome de Pan, ao ser pronunciado, soou aos ouvidos de toda a aristocracia ali presente como um mal dos séculos. Pan percebeu a hesitação de todos, mas já esperava por isso.

Vejam como ela tem bom gosto, escolheu o meu filho.

Não tendo outra saída, os convidados riram da brincadeira da Rainha, fingindo contentamento.

O Rei não gostou da notícia, porém, preferiu manter-se neutro naquele momento e depois dava um jeito de contornar a situação. No entanto, o que contornou explicitamente a situação fora a beleza inquestionável de Pan.

— Proponho uma salva de palmas ao príncipe, pois encontrar uma jovem de tão rara beleza no mundo de hoje é uma glória. E proponho outra salva a ela, pois sua beleza é tamanha que nos embriaga de arte — gritou um jovem aristocrata, já meio tonto, que se excitou ao vê-la.

O discurso vazio desse jovem fez com que todos se levantassem e aplaudissem a bela mulher.

Pan vibrou.

Em meio aos aplausos, o príncipe sentiu que era o momento de entrar em cena.

A cortina principal do salão foi aberta por um divino jovem, que deu os seus primeiros passos ao centro do salão dourado.

Silêncio.

Ao entrar no salão dourado, o príncipe se sentiu no céu. A beleza em cada detalhe era estonteante. As paredes eram decoradas com folhas de ouro, em estilo clássico, com quadros de grandes pintores. Ao centro estava a mais fabulosa escultura de Michelangelo: Pietá. É uma expressão piedosa cristã e de crença neoplatônica de que a beleza física é o reflexo da alma. Nesta escultura maravilhosa, Maria, a mãe de Jesus, está sentada com Cristo deitado em seu colo. Ao olhar para o teto, ele delirou ao ver a alegoria da primavera de Botticelli no afresco enorme que cobria o imenso salão dourado. Nele, a natureza é representada pela primavera, personificada como a deusa romana Flora, enfeitada com flores; as três graças formam um arabesco e representam a harmonia musical; e Vênus, no centro da pintura, é retratada como uma Madona pagã, capaz de elevar a mente humana à contemplação de uma beleza divina que transcende a distinção entre natureza e civilização. Sem dúvida, o salão dourado era instigante e de uma beleza exótica, mas, ainda assim, não deixava de ser perfeito e capaz de fascinar qualquer ser humano, até mesmo o menos humano de todos.

Enquanto se deliciava com toda a beleza do imenso salão dourado, em meio ao silêncio horripilante, Eduardo era venerado por todas as mulheres que ali estavam. Todas reparavam a beleza dele. Até mesmo os homens o olhavam espantados. Sua beleza era como uma pintura. Uma arte. Um homem alto, olhos verdes intensos, cabelo negro, que fazia um contraste ímpar com o tom de sua pele alva, uma bela boca e um sorriso misterioso. Seu olhar era profundo e combinava com seu corpo rígido e definido. Sua beleza era algo sublime, completamente diferente da realidade do país. "Um Deus!", pensou uma mulher.

Esse era o príncipe Eduardo, o homem invejado por outros homens e desejado por todas as mulheres.

Príncipe Eduardo, venha abraçar o seu Rei — disse a voz opulenta e firme do Rei Filipe, interrompendo o silêncio infernal.

Eduardo olhou na direção do Rei e caminhou até ele. Eles se abraçaram.

A cerimônia correu madrugada adentro. Todos desejavam falar com o príncipe, perguntavam como era ter vivido esse período distante da Família Real. Testavam o seu conhecimento nas artes, política e até como ele conheceu Pan e o que ele fazia para manter um corpo perfeito. Todos se assustaram quando ouviram dizer que praticava luta.

Lutar? — repetiu um aristocrata com desprezo. — Luta é para escravos, é algo muito popular, não pode sequer ser considerado esporte. E muito menos para um príncipe praticar.

Sem falar o pior — hesitou outro —, a necessidade de se massacrar o rival. Não tem regras, vale tudo! Dão socos, pontapés, joelhadas e por aí vai. É muito selvagem.

Discordo de todos vocês — disse o príncipe. — Lutar tem regras também. Há coisas que não são aceitas, como, por exemplo, cabeçadas, mordidas, ataques à garganta, chutar a cabeça do oponente caído. Mas o mais incrível da luta é que te ajuda a concentrar-se e não temer o adversário, por mais forte que ele seja. O lutador lida com a sabedoria, buscando o local exato e a hora certa para atacar. Quanto à violência, não vejo — disse ele dando de ombros. — As pessoas não lutam forçadas como os gladiadores, lutam porque desejam.

O príncipe e sua namorada tornaram-se o centro das atenções naquela noite. Enquanto ele conversava com os homens, ela estava rodeada por várias mulheres, que conversavam sobre futilidades. Perguntavam-lhe qual era o segredo de tanta beleza! Todas desejavam ter os olhos azuis, o cabelo louro e as curvas maravilhosas de Pan, mas, acima de tudo, todas queriam possuir o príncipe.

O príncipe, enquanto conversava com alguns senadores, reparava o Rei. "Ele está distante, não parece tão feliz com a volta de seu filho", pensava ele, enquanto fingia ouvir aqueles velhos aristocratas a lhe fazer elogios. Ele balançou o rosto e bebeu o champanhe que estava em sua taça de cristal. "Na vida, tudo tem o tempo certo." Olhou para os senadores e saiu sem dizer nenhuma palavra.

"O que será que fizemos de errado? Será que dissemos algo que não o agradou?", pensou um dos senadores, ao ver o príncipe dando-lhes as costas.

Pan era muito atraente e esperta, sabia como ninguém usar a beleza a seu favor. Foi um pouco difícil para ela atrair aqueles aristocratas, porém, após algumas horas de conversa, ela havia conquistado todos. No entanto, era nítido nos olhares das mulheres certa repulsa pelo fato dela não pertencer

EXPERIÊNCIA QUASE VIDA

à nobreza e, ainda assim, ter se tornado a mulher mais importante da noite, por ser a namorada do príncipe. O que já lhe dava uma grande potencialidade para se tornar, no futuro, a mais nova Rainha. Essa possibilidade fazia todos a temerem e a respeitarem. Este jogo, Pan conhecia muito bem, mas, mesmo conhecendo os perigos, amava toda essa encenação. Adorava poder humilhar aquelas mulheres que não possuíam nem um terço de sua beleza e que, apesar de serem nobres, não tinham a classe e elegância explícita que Pan possuía. Muitos homens a devoravam com os olhares e ela os retribuía discretamente. O príncipe conquistou todos. Apesar de ser por dentro um homem fechado e egoísta, que desejava o poder a qualquer custo, nessa noite ele não aparentou nada disso. Nesse momento único em sua vida, ele possuía tudo o que sempre sonhou: o poder. E o poder, para ele, continha outros sentidos além da riqueza. Eduardo tinha um controle real sobre as pessoas. Ele era inteligente e as pessoas reagiam à sua inteligência. O príncipe tinha a plena capacidade de transmitir segurança e conforto a quem estivesse por perto dele. No auge da recepção, todos queriam conversar com o príncipe Eduardo. Rainha Cecília, ao reparar por um instante o salão dourado, pensou "Esta noite está sendo a mais saborosa de meus últimos vinte anos." Ouviam-se sorrisos e gargalhadas em todos os cantos do salão dourado, era uma noite fascinante.

Com a manhã prestes a se anunciar, os convidados começaram a deixar o palácio.

Boa noite, meus pais — disse o príncipe, se retirando do salão.

Boa noite, meu filho — respondeu a Rainha, dando-lhe um beijo no rosto.

Eduardo, espero por você hoje, na parte da tarde, em meu escritório — disse o Rei secamente. — Durma bem.

Sim, meu pai. Estarei lá.

Boa noite — disse Pan.

Boa noite — respondeu a Rainha.

O Rei manteve-se em silêncio, apenas olhou para Pan de baixo a cima com repulsa.

O príncipe e Pan se retiraram do salão dourado e caminharam para o aposento. Enquanto isso, o Rei e a Rainha permaneceram por mais alguns instantes no salão dourado.

Filipe, reparou o quanto o nosso filho é inteligente e belo? Ele se parece muito com você — disse ela sorrindo. — Confesso que fiquei assustada quando o vi.

Ele não é nosso filho. E não vou aceitar que ele se case com esta burguesa — disse ele, referindo-se à Pan como se ela fosse um rato.

É apenas coincidência, percebi que ele possui o seu jeito de olhar. Isso se deve ao fato dele ter passado um tempo de sua infância ao nosso lado. Deve ter copiado esse seu olhar penetrante — disse a Rainha, evitando tocar no assunto de Pan.

É, deve ser — concluiu ele pensativo. — Vamos nos deitar.

O Rei Filipe beijou com carinho a face da Rainha e os dois subiram para o aposento real.

Meu amor, se desejar, pode ir tomar seu banho. Tenho que retirar a maquiagem e despentear o meu cabelo — disse Pan olhando-se no espelho e vendo o belíssimo rosto do príncipe refletido nele.

Pan, acostume-se a me chamar de príncipe Eduardo — disse ele secamente.

Você tem razão — ela virou e olhou para ele. — Tenho que me acostumar — sorriu tentadoramente. Olhou para ele como uma criança que implora perdão ao fazer algo errado.

Ele não reagiu à investida dela e nem se deu ao trabalho de lhe olhar nos olhos. Deixou-a no quarto, caminhou para o banheiro, retirou a roupa e entrou na imensa banheira de marfim. Fechou suas pálpebras e suspirou fundo, deixando a água inundar seu corpo. Havia um enorme espelho que contornava todo o banheiro. Abriu os olhos e olhou-se no espelho. "Agora posso tudo. Tenho o poder em minhas mãos" — sorriu.

Capítulo 6

A França no século XVIII vivia um período de grandes turbulências. O Estado se mantinha com o poder centralizado em um grande Duque. Seu nome era Baco de Orfleans. A maior parte da população era composta por camponeses. Essa parte da população, influenciada pela pequena camada da burguesia, que começava a crescer, e por revoluções que ocorriam em outros Estados, começou a se insurgir contra o Estado, desejando uma grande revolução e a queda da monarquia.

O Duque Baco teve apenas uma filha, que se casou com o Rei francês Neon, mas morreu ainda jovem em um naufrágio. O Rei Neon enlouqueceu após a morte de sua esposa e cometeu suicídio. Com a morte de Neon, o Duque Baco levou sua neta ainda pequena para ser criada por ele em seu castelo. A pequena princesa da França era de uma beleza incrível. Diferente das francesas, tinha a pele morena, olhos belos e negros como a noite, cabelo volumoso e ondulado. Ao conhecer a pequena neta de Baco, o Rei da Espanha se encantou com ela, propondo ao Duque casá-la com o príncipe Tito. Em troca do casamento, daria apoio ao Duque para permanecer no poder. Tito e Hélfs, depois de casados, irão unificar os dois Estados, fazendo nascer uma monarquia forte e absolutista. O Duque achou a proposta viável e aceitou. Tito tornou-se um belo homem. Hélfs conviveu grande parte de sua adolescência ao lado dele, e os dois acabaram se apaixonando perdidamente. O que fez o avô dela e o pai dele ficarem contentes ao perceberem que, "apesar de ter sido um casamento arranjado, eles se amavam."

Tito viajou durante um período para conhecer o novo continente. Enquanto isso, Hélfs terminou os seus estudos na cidade de Florença, na Itália. Quando Hélfs completou vinte e dois anos, Tito voltou de sua viagem para o seu noivado com a princesa.

O castelo estava em festa. Hélfs queria conversar com Tito, mas os convidados não os deixavam a sós. O noivado aconteceu.

Era uma bela noite de primavera e o magnífico casal saiu de dentro do castelo. Caminhavam em direção aos jardins. Ela se sentou em uma das cadeiras e ele se sentou de frente para ela.

— Ah, minha linda, você não imagina quanta saudade senti! — ele segurou as mãos dela com carinho. — Pensei em você durante toda a viagem. Esta noite fez de mim o homem mais feliz do mundo! — disse o belo príncipe.

Tito estava realmente feliz. Aproximou-se de Hélfs para beijá-la.

Não... — sussurrou ela levantando-se e afastando-se dele.

O que há? — perguntou ele, hesitando.

Silêncio.

Você disse que quase morreu quando eu tive que viajar. Agora que estou aqui de volta, como o seu noivo, você me empurra? — disse ele em um tom de voz mais ríspido.

Ela se aproximou dele em silêncio... O olhou arrependida.

Você tem razão — murmurou ela. — Quando fiquei sabendo que você havia saído da cidade, me tranquei em meu quarto feito uma adolescente. Não comia nada e chorava o dia inteiro. Senti muito sua falta. Era como se tivessem tirado um pedaço de mim. Sabia que você ia voltar, que ia se casar comigo. E isso é o que me deu força para suportar sua ausência. Com o tempo, a dor foi passando, mas, mesmo assim, durante quatro anos, te amei mais do que a mim mesma.

Ele a interrompeu.

Então, meu amor, depois de todo esse sofrimento, eu voltei. E desta vez, nada mais vai nos separar — disse ele empolgado.

Já nos separou — disse secamente. — Gostei muito de você, mas agora não gosto mais. Não o suficiente para nos casarmos — concluiu evitando o olhar dele.

Hélfs tinha certeza do que estava fazendo, mas por dentro temia. O belo jovem estava perdido, olhava para ela sem entender o que estava acontecendo.

Mas te amo — disse ele confuso. — E você é minha!

Não, não sou sua. E não me casarei com você.

Olhe para mim — rugiu ele, puxando o pulso dela com força.

Hélfs obedeceu.

Agora diga o que aconteceu para você me esquecer?

Não te esqueci, apenas não te amo mais.

Ele soltou o pulso dela, passou suas mãos sob o belo rosto da princesa.

Não é possível! — disse ele com fúria. — Você está esquecendo que vai se casar comigo para proteger e unificar a monarquia?

Não, não me esqueci — disse ela ganhando coragem. — E esse é um dos motivos que me levam a não querer me casar com você, os meus sentimentos não estão à venda — disse com firmeza.

Hélfs saiu dos jardins apressada. Deixou-o para trás. Chegou à sala do castelo ofegante, passou por seu avô, subiu as escadarias, entrou no seu aposento, bateu a porta pesada de madeira maciça e girou a chave de diamante na fechadura antiga e trabalhada.

Tito estava transtornado e entrou no castelo aos berros.

Hélfs! — gritava ele explodindo. — Não terminei de conversar com você. Apareça! — gritou, contornando uma das salas.

Que modos são estes? — perguntou o Duque gritando.

Silêncio.

No meu castelo, o único que pode gritar sou eu! — exclamou Baco furioso. — Portanto, mude o seu tom de voz e nunca mais grite desse jeito, ainda mais quando se tratar de minha neta — rugiu.

Tito ainda estava irritado, mas conteve sua explosão.

Desculpe, Baco, mas se o senhor ouvir o que tenho a dizer, aposto que me dará razão. E como sei que o senhor criou sua neta em rédeas curtas, tenho certeza de que vai fazer a coisa certa.

O Duque assentiu com desconfiança.

Acalme-se e vamos conversar em meu escritório.

A tensão de Tito já havia passado e agora ele não agia mais por impulso. O belo príncipe sabia que Baco obrigaria Hélfs a se casar com ele.

O avô de Hélfs era um homem rígido. Ela vivia sob seu jugo, era obrigada a agir da maneira como ele mandava. Dizia a ela como uma moça devia se vestir, se comportar e falar em público, e ela seguia tudo à risca.

É o sangue ruim da mãe dela — rugiu Baco, furioso, depois de ouvir o que Tito tinha a lhe dizer. — Mas isso não vai ficar assim. Sou um homem de honra e ela não vai acabar com minha dignidade — disse ele, contraindo os músculos de sua face. — Não vai mesmo.

O Duque abriu a porta do escritório com força, parecia que ia arrancá--la. Subiu rapidamente as escadarias, indo em direção ao aposento de Hélfs. Baco estava descontrolado. Por um instante, Tito ficou com medo de sua reação e seguiu o Duque. Baco tentou abrir a porta, mas estava trancada.

Pou... Pou...

O barulho de Baco batendo na porta era ensurdecedor.

Abra esta porta, Hélfs! — gritou ele. — Abra agora, antes que eu a coloque no chão. E não me deixe fazer isso, porque será pior.

Hélfs, trancada dentro de seu aposento, sentia medo, mas nada a faria mudar de ideia. Estava decidida. Abriu a porta. Seu avô entrou furioso.

Tito não entrou, ficou no corredor.

Hélfs, o seu noivo veio até mim e me disse que você não quer se casar mais com ele — disse Baco olhando-a e tentando se controlar. — O príncipe me disse a verdade ou ele mentiu para mim?

Hélfs sentiu um arrepio em seu corpo e o medo tomou conta dela. A pergunta rodava em sua mente.

É verdade — disse ela baixinho, com o rosto abaixado, tentando evitar o olhar demoníaco de seu avô.

Não venha me dizer que você me traiu, como fez sua mãe, e se entregou a outro homem? — perguntou ele explodindo.

Não! Não! Não fiz isso! — respondeu ela nervosa.

Ele olhou para ela e por um instante lembrou-se de sua filha, a bela rainha que se apaixonou por um escravo e com ele tentou fugir, mas o navio em que eles estavam naufragou e eles morreram. Deixando desse horror uma filha, que era fruto dessa loucura. E Baco a criou escondendo dela toda a verdade.

Hélfs, a bela jovem de pele morena, futura rainha da França, não passava de uma bastarda. E agora ele via que ela herdara a depravação de sua mãe. Ele não aguentava! Isso era demais para ele.

Quem está ao meu lado, senta-se na minha mesa, come da minha comida e bebe do meu vinho.

Até hoje nenhum homem me tocou — disse ela o interrompendo. — Não quero me casar com Tito porque não o amo mais. E não vou me casar com ele — disse ela gaguejando, mas tentando mostrar-se forte, enquanto sentia o seu corpo tremer de medo.

Como você ousa me desacatar? — disse ele, segurando com violência o pulso dela. — Pegue tudo que for seu e saia do meu castelo agora! — gritou ele, soltando-a com brutalidade.

Não! — gritou ela soluçando. — Não posso sair deste castelo. Não tenho para onde ir e este castelo também é meu. Aliás, é mais meu do que seu, porque o meu pai deixou tudo isto para mim.

O medo estava estampado no rosto de Hélfs, mas, mesmo assim, ela fingia segurança.

Eu disse para você sair! E vai ser agora — disse ele puxando-a.

Ela começou a chorar descontroladamente.

Não vou sair!

Ah! Não vai não! — disse ele soltando-a.

Baco olhou para ela como um demônio. Ela se encolheu enquanto soluçava desesperadamente. "Deus... Deus...". Essa palavra rodava em sua mente como uma forma de buscar proteção.

Você vai embora — rugiu Baco —, mas antes vou quebrar todos os dentes dessa tua boca, para você sempre se lembrar de como me traiu.

Baco correu para bater em Hélfs. Tito, ouvindo os gritos, entrou no local.

Solte-a Baco ou então não responderei pelos meus atos — gritou Tito, que o deteve antes que ele fizesse mal a ela.

Me solte, seu maldito!

Corra, Hélfs! Saia daqui, ou seu avô vai te matar! Eu não posso controlá-lo durante muito tempo. Vá para a casa de Padova. Cuidarei de você.

Tito arrastou Baco para fora. Ele rosnava contra Tito, que tentava controlá-lo. Hélfs trancou novamente a porta, começou a arrumar suas roupas para ir embora e, lá de dentro, podia ouvir o seu avô lhe amaldiçoando. Naquele momento ela odiou o seu avô como nunca havia odiado ninguém no mundo. Tito conseguiu controlar Baco e desceu com ele para a sala principal. Baco ficou em silêncio enquanto bufava de raiva. Seus olhos estavam vermelhos como fogo. O suor brotava em sua testa.

Hélfs terminou de arrumar suas coisas e desceu correndo as escadarias do castelo. Chegando aos últimos degraus da escada que dava para a sala onde estavam seu avô e Tito, ela parou de correr, mas desequilibrou-se e desceu rolando os degraus, caindo no chão de frente para eles. Tito correu, preocupado, até ela, porém Baco permaneceu onde estava, sentado em seu sofá de couro, sem se dar ao trabalho de olhar para Hélfs.

Você se machucou? — perguntou Tito com remorso, sentindo-se culpado por tudo.

Tito realmente amava Hélfs e não aguentava ver o sofrimento dela.

Não. Estou bem— respondeu levantando-se e dando lhe um sorriso triste. Pegou novamente sua mala. Abriu a porta do castelo para ir embora.

Volte aqui — gritou de súbito o Duque.

Ela se virou para ele antes de sair.

Você pode ir embora — disse Baco —, mas não levará nada, sairá apenas com a roupa que está em seu corpo — disse friamente.

Hélfs saiu de perto da porta, caminhou na direção de seu avô. Ao se aproximar dele, fitou-o nos olhos e jogou sua mala sobre os pés dele.

Tito olhou para ela, os olhos negros do belo príncipe encheram-se de lágrimas, mas segurou-as.

Vou sair com você, não te deixarei sozinha — disse Tito. – Desculpe o que fiz? Mas te amo e não suporto te perder — disse, aproximando-se dela e abraçando-a subitamente.

Não precisa me pedir desculpas, mas a verdade é que não te amo mais. Sinto muito, Tito, você é uma boa pessoa, no entanto, não aceito sua ajuda — disse soltando-se dele.

As últimas palavras dela soaram como um golpe para Tito. Ela o largou, saiu correndo e soluçando em direção à porta, enquanto tentava limpar as lágrimas do rosto com as mãos. Quando se aproximou novamente da porta para ir embora, foi detida por D. Henriqueta, Rainha da Inglaterra e uma das amantes de seu avô.

Baco, não seja tão tolo e covarde ao ponto de mandar sua própria neta para fora do castelo. Fique sabendo que darei abrigo a ela. E todos os nossos inimigos burgueses ficarão sabendo do que este Duque é capaz de fazer. Imagine como eles irão reagir ao saberem disto?

Ninguém disse mais nenhuma palavra. Ouviam-se apenas os soluços de Hélfs e viam-se lágrimas escorrendo em sua face. Baco não era um idiota, ele sabia que o povo não veria com bons olhos sua atitude e que, além de tudo, sua honra ficaria ferida.

EXPERIÊNCIA QUASE VIDA

Baco — chamou-lhe Tito —, sabemos que Hélfs não agiu da maneira correta, mas ela é sua neta. O senhor não pode fazer isso. Deixe-a ficar, existem outras maneiras de resolvermos este problema.

Talvez vocês tenham razão — disse Baco a contragosto. — Volte, Hélfs — a última frase soou como uma doença.

Tito suspirou aliviado e ajudou-a a pegar a mala.

Mas preste atenção — continuou Baco. — A partir de hoje sua vida mudou. Não te darei mais nada e você passará a acordar todos os dias às cinco horas da manhã, junto com os empregados do castelo, e trabalhará como eles. Não fará mais nenhum estudo e não terá mais suas joias e vestidos. Passará a se vestir como as camponesas. De agora em diante, você nunca mais me chama de avô, esquecerei que tive uma neta. E agradeça a Deus por eu ainda te deixar morar aqui.

Hélfs olhou para ele com nojo. Ela ainda tremia.

Tito começou a subir com Hélfs para ajudá-la, mas ela não deixou. Pegou sozinha a mala e caminhou em direção ao seu aposento.

Quando passou por seu avô, ele a puxou pelo braço. Tito, temendo que ele batesse nela, segurou o braço de Baco.

Me solta, vô! O senhor está me machucando — disse ela chorando.

Solte-a. Eu não vou deixar o senhor agredi-la — disse Tito, o segurando.

Tire suas mãos do meu braço — disse Baco a Tito, enquanto fitava rancorosamente os olhos inchados de Hélfs.

Tito soltou Baco, mas continuou perto deles.

Olhe para mim, Hélfs — ela o encarou e Baco continuou. — Nunca vou me esquecer deste dia. O dia em que, pela segunda vez, fui traído pela pessoa que mais amo. Primeiro sua mãe, agora você. Vocês duas traíram a pessoa que mais lhes amou. Por vocês eu brigaria com o mundo, mas vocês ousaram me enfrentar. Sua vida, a partir de hoje, será uma desgraça. Ouviu? Uma desgraça, assim como a de sua mãe — rugiu ele. — Talvez, para você, eu deva dar um desconto. Sua mãe me traiu, no entanto ela não tinha nada de errado. Mas você ainda tem a desculpa de ter o sangue desgraçado daquele escravo em suas veias. Agora vá, suma da minha frente antes que eu faça uma besteira — murmurou ele, soltando-a.

Hélfs estava tão atordoada que nem prestou atenção às palavras de seu avô. Saiu correndo, subindo as escadarias. Tentava limpar o rosto inchado, mas era em vão, as lágrimas continuavam escorrendo em sua face. "Eu o odeio! Ele queria me matar, é um demônio. Tomara que ele morra! Sou uma infeliz, não consegui ir embora. Eu devia ter ido embora. Por que tudo dá errado para mim? Todas as pessoas são felizes. Sou a única que não. Meu Deus, me ajude", pensava Hélfs enquanto corria desesperadamente pelos enormes corredores do castelo. Ao entrar em seu aposento, bateu com força a porta, jogou-se em sua cama e fechou com força as pálpebras dos olhos. Nessa noite ela não dormiu.

Tito descobriu toda a verdade sobre o ódio que o Duque mantinha de sua falecida filha e porque Hélfs possuía um tom de pele diferente das francesas. No entanto, para Tito, nada disso mudava o amor que ele sentia por ela e a beleza estonteante daquela jovem louca.

Apesar de o Duque ter agido daquele jeito com sua neta, ao chegar em seu quarto, sentou-se na cama e chorou. De certo modo estava arrependido do que havia feito, no entanto, não podia deixar Hélfs passar por cima de uma ordem sua. Dormiu muito mal nessa noite.

Capítulo 7

Ao amanhecer, todos os empregados do castelo cochichavam entre eles sobre o que haviam ouvido na noite anterior. Quando Baco saiu de seu aposento, todos eles voltaram aos seus afazeres em silêncio. O castelo parecia um verdadeiro funeral naquela tarde sombria de primavera.

Onde está Hélfs? — perguntou Baco, mal-humorado, para uma das governantas.

Ainda está dormindo, alteza.

Eu a coloquei de castigo e mandei que ela acordasse às cinco horas da manhã de hoje, junto com os serviçais. Acorde-a agora e mande-a lavar todas as roupas que estiverem sujas.

Sim, senhor Duque — disse a governanta seguindo em direção ao aposento de Hélfs.

Após alguns minutos, a governanta desceu assustada.

Duque — disse ela, quase sem fôlego. — A princesa não se encontra no aposento. As roupas dela continuam lá, mas as joias dela não estão. Hélfs fugiu — concluiu ela desesperada.

Baco, ao ouvir, não conseguia acreditar. Subiu direto para o aposento de sua neta. Ao entrar, vasculhou todo o local e ficou chocado ao chegar à conclusão de que Hélfs realmente havia fugido. Ordenou à guarda real para que a encontrassem. Porém, na madrugada seguinte eles voltaram, sem ter nenhuma pista sobre onde ela poderia estar.

Tito, quando soube da fuga, ficou transtornado.

Após receber a má notícia, Baco trancou-se no aposento de sua neta. Chorando, começou a vasculhar o local, tentando encontrar alguma pista. A dor que o Duque sentia era insuportável. Neste momento Baco se arrependeu amargamente de cada palavra e ação que havia desferido contra sua neta. Ao mexer no baú dela, percebeu que havia um livro embaixo de alguns vestidos, estava muito bem guardado. Retirou-o e, ao pegar, ficou emocionado ao ver que era um diário. Sem pensar, começou a ler algumas páginas. Havia algumas bobagens escritas. Ele já ia fechá-lo quando, de repente, viu um nome que para ele era desconhecido, mas que se repetia em várias datas. Então começou a ler essas páginas.

25/11/1719.

—[...] Estou apaixonada! É o homem que eu sonhei a vida inteira. Ele me ama, eu sei disso. No início o achei lindo, mas tive medo, pois ele é muito distante e reservado. Até que, no dia em que eu ia voltar de férias para o castelo, tentou se aproximar de mim, mas senti medo e fugi dele. Arrependo-me muito por isso. Ah, se eu pudesse voltar ao passado. Fiquei pensando nele as férias inteiras. Quando as aulas voltaram, voltei para a cidade e lá estava ele, lindo como sempre. Fiquei muito feliz em revê-lo e pude perceber que a recíproca era verdadeira. Mas, infelizmente, ele já estava com outra. Hoje foi o meu último dia nesta cidade, amanhã volto para o castelo.

05/03/1720

—[...] Bom, eu não podia deixar de escrever hoje, pois o impossível acabou de acontecer. Quando voltei triste para o castelo, recebi a notícia de que Tito não voltará neste ano e a data de nosso noivado foi adiada por mais algum tempo. Foi difícil, mas convenci o meu avô de voltar à cidade de Florença para terminar os meus estudos. Voltei para a mesma instituição. E o melhor de tudo é que, na segunda-feira desta semana, eu entrei na sala como sempre, me sentei, estudei e no último horário, quando me levantei de minha carteira para ir embora, quem eu encontro? Ele! Levei um susto. Saí da sala, acho que até um pouco tonta, mas foi uma esplêndida visão, da qual eu me lembrarei por toda a minha vida. Ele continua namorando a mesma moça, mas existe algo entre nós que nos une. E é por isso que nós iremos ficar juntos. Eu não tenho palavras para dizer o que estou sentindo por tê-lo encontrado de novo.

16/04/1720

—[...] Estou preocupada. Gosto muito dele, mas até hoje não consegui me aproximar e falta pouco para eu deixar esta cidade. Nem o nome dele eu fui capaz de descobrir. E, ainda assim, o amo como se ele fosse o único homem da minha vida.

02/07/1720

—[...] Estou me sentindo muito infeliz hoje. Voltei para o castelo e terminei meus estudos, ou seja, não o verei mais. E o pior de tudo é que eu saí sem conseguir sequer falar com ele. E mesmo sem falar com ele, eu o amo.

02/11/1720

—[...] Em uma bela noite recebi uma carta em nome de Eduardo. E, por toda felicidade do mundo, descobri que Eduardo é o nome do jovem por quem estou apaixonada. Estamos nos correspondendo. Ele é tudo que eu desejo para mim. Eu sei que ele também me ama. Ainda não sei o seu sobrenome, ele disse que ainda não era o momento de me dizer, mas não me importo. Eduardo, o grande amor da minha vida!

10/12/1720

—[...] Muitas coisas boas têm acontecido na minha vida. Estou me correspondendo com o Eduardo e vamos fugir.

Baco fechou com fúria o diário e mexeu nas cartas de Hélfs. Ao ler algumas, percebeu que eram as cartas que ela recebia "desse depravado". Juntou todas, queimou-as, em seguida chamou dois guardiões do castelo, partindo junto com eles para Florença à procura de sua neta.

Baco demorou duas semanas para chegar à cidade. Ao chegar, procurou por sua neta. Para ele foi fácil encontrá-la. Pegou-a e voltou com ela para o castelo. Durante a viagem, tanto Baco quanto Hélfs não trocaram nenhuma palavra, se comportaram como verdadeiros desconhecidos. Retornaram ao castelo. Hélfs olhou para todos os detalhes daquela sala como se fosse a primeira vez que entrava ali, permanecendo em silêncio. Baco fitou-a.

— Vá para o seu aposento, meu anjo — disse Baco se aproximando dela. — Essa viagem foi muito cansativa — continuou ele tentando chamar a atenção dela. — Errei, Hélfs! Assumo, mas errei tentando acertar. Quando te mandei embora deste castelo, de maneira alguma queria que você realmente partisse, apenas agi daquela maneira porque, naquele momento, eu precisava fazer você acordar para a vida. Minha querida, você ainda é jovem para entender. Às vezes sonhamos com um mundo colorido, todo cor-de-rosa, mas esse mundo não existe — ele se calou por alguns segundos e depois voltou a falar. — Se você tem tudo o que as outras pessoas não têm, não fique achando que é porque você foi escolhida por Deus. Não é nada disso, meu bem. Para você ter este mundo de sonhos e ter tudo de mãos beijadas, alguém tem que fazer o serviço sujo. E quem o está fazendo sou eu. Você não pode imaginar quantas pessoas, cidades e vidas tive que destruir para termos tudo isto. Você e eu não conhecemos o que é o trabalho servil, o que é não ter dinheiro para comer. Então nunca se esqueça, minha querida. Se você tem esta boa vida, é porque tem alguém sofrendo muito para você sorrir. Eu construí tudo isto pensando na sua mãe e em você. Agora chegou sua vez, não destrua este império que erguemos — ele a abraçou e sussurrou no ouvido dela. — Pois enquanto você estiver no poder, todos estarão do seu lado. Mas se você cair, os mesmos que te apoiaram serão os primeiros a irem contra você. Por isso, minha filha, não existe amor, amor é para os fracos. O único sentimento verdadeiro é a segurança. Você não precisa amar outra pessoa para ser feliz. Ame a si e aí, sim, você cuidará do que te pertence. E do que eu e nossos antepassados lutamos para construir. Ame apenas isso.

Ela o olhou friamente.

Vô, o que o senhor disse sobre minha mãe é verdade?

Sim— respondeu ele insatisfeito com a pergunta. — Mas não falaremos sobre isso agora, depois te conto tudo.

Me casarei com Tito — disse ela de súbito.

Sabia, minha filha — disse ele empolgado —, você saiu a mim. Sabia que não ia me decepcionar — afirmou ele convicto, com um sorriso de vitória no rosto. — Agora, vá meu anjo, vá para seu aposento descansar. Só mais uma coisa, querida. Li o seu diário e suas cartas. Perdoe-me, mas destruí tudo.

Tudo bem — disse ela com um olhar vazio e triste.

Hélfs subiu para o seu aposento. Lá chegando, trancou a fechadura da porta. Aproximou-se do espelho, olhou fixamente para ele. "Nunca mais serei idiota, nunca mais acreditarei no amor", pensou ela começando a chorar. Encolheu-se e, ajoelhando-se em um canto próximo à sua cama, reparou em uma tesoura que estava na penteadeira. Levantou-se novamente, olhou-se no espelho e pegou a tesoura, começando a cortar o imenso cabelo cacheado e cor de mel, deixando-o até a altura de seu ombro. Após cortar o cabelo, entrou no banheiro. Hélfs parou de chorar e um olhar vazio de tristeza e puro ódio tomou conta de seu semblante. Ao sair do banho, se vestiu, caminhou até sua caixinha de lembranças e retirou de lá o retrato pintado de um belo homem. Todo o sentimento de amor se transformava em ódio puro enquanto ela olhava o retrato.

Confiei em você, me entreguei a você, larguei tudo por você — dizia ela em voz baixa enquanto olhava o retrato. "Estou gravando o seu rosto em minha memória", pensou ela. "Como o amei! Para mim você era o rosto mais belo do mundo, agora me dá nojo" — Hélfs rasgou com fúria o retrato.

Capítulo 8

Em um dia tempestuoso, a Família Real ainda dormia para descansar da grande recepção da noite anterior. Ao entardecer, exatamente às dezesseis horas, o Rei esperava pelo príncipe em seu escritório. E na hora exata o príncipe entrou.

Aqui estou, papai.

Silêncio.

O Rei olhou friamente para o príncipe.

Então, Eduardo, o que você aprendeu durante todo esse tempo? — perguntou o Rei secamente.

O príncipe se sentou de frente para o Rei.

Os mestres me ensinaram e falaram sobre muitos pensadores e filósofos. Estudei Sócrates, Platão, Aristóteles, Santo Ambrósio, Boécio, Maquiavel, John Locke... Foram tantos que ficaria até chato citar todos. Ensinaram matemática, artes, literatura e línguas — encerrou com um sorriso sarcástico.

O Rei ficou irritado com a resposta.

Sei que lhe ensinaram tudo isso, caso contrário, não o teria matriculado naquela instituição. Quero saber o que você aprendeu — pediu ele em um tom de voz mais ríspido. — Ou será que além de você ser um bastardo é um completo idiota, que não soube sequer aproveitar do acaso e da sorte, por eu te ter tirado daquela vida desgraçada e te criado como um príncipe? — rugiu ele.

O príncipe estava sentado de frente para o Rei. Em silêncio levantou-se, olhou-o com ar de superioridade, ergueu o rosto e virou-o, desferindo o seu olhar novamente para o Rei.

O Rei assistia a tudo em silêncio, mantendo-se sentado em seu trono e observando Eduardo friamente.

Papai — disse Eduardo —, o senhor realmente jogou uma fortuna fora com relação à minha educação — o Rei se assustou. — Quando você me perguntou tudo isso, me lembrou de um dia em que fui à escola não para estudar, mas para ver uma senhorita com a qual eu nunca conversei. Quer saber, papai? — disse ele erguendo as sobrancelhas enquanto mordia os lábios inferiores. — Quando eu ia à escola não era para aprender, era apenas para eu poder olhar aquela moça. Então me sentava e ficava ali parado contemplando-a. Houve um dia em que estávamos tendo aula de política com um mestre. Ele parou sua aula e me disse bem assim: "Estou aqui dando aula e você não participa? Fica aí parado como se estivesse em outro mundo!". Então respondi: "Com todo o respeito, mestre. Pago para ter aula, não para ver aula". Bom, — disse ele cruzando os braços —, me arrependo disso até hoje. Você acredita que ele me colocou de castigo e me fez sofrer os piores tipos de sanções? — concluiu ele, franzindo a testa.

E você não se envergonha de me contar tudo isso? — rugiu o Rei. — Acha que serei louco de passar a coroa para você? Francamente, Eduardo, você está me causando um imenso dissabor! — disse ele quase explodindo. — O que me diz sobre isso? — perguntou, fingindo calma. — Vamos, me fale! Já sei! Para ser Rei você não serve, mas você pode cuidar do lixo da cidade. É um ótimo cargo para o seu currículo, não acha? — esbravejou o Rei.

Acho, papai — respondeu Eduardo, com uma calma perturbadora.

O Rei perdeu a paciência.

Pois se acha, vá agora! — gritou ele, apontando para a porta. — Comece o seu trabalho, porque você não nasceu para ser príncipe e muito menos rei. O mundo se divide em dois estágios. Há os que nascem para governar e os que nascem para serem governados. Devo admitir que você é um fracassado — concluiu o Rei com repulsa. — Você nasceu para ser governado — esbravejou ele, batendo o pulso fechado sobre a mesa. — Ande, saia daqui! — rugiu o Rei, quase perdendo o fôlego.

Posso até sair, mas apenas depois que Vossa Excelência papai ouvir o que tenho a te dizer.

Então vamos, fale o que tem a me dizer.

Bem, devia ter me sentido culpado com tudo o que o senhor acabou de dizer, mas, pelo contrário, não me sinto dessa maneira. Quando disse ao senhor que não prestava atenção nas aulas, disse nada mais que a verdade. No entanto, não fazia isso de propósito, mas pelo simples fato de que os mestres são incapazes de me ensinar qualquer coisa. Afinal de contas, já sei

EXPERIÊNCIA QUASE VIDA

de tudo. E sei mais do que eles — ele ergueu os ombros. — Quando entrava nas aulas, me sentia sozinho, pois era o único que tinha um raciocínio rápido. Sentia-me um deus no meio de um bando de simples mortais. As aulas, para mim, eram entediantes e esse era o motivo pelo qual preferia olhar uma garota — disse Eduardo vagamente. — Mas não esconda de mim a verdade, papai. Sei que o senhor me odeia pelo simples fato de eu não ser o seu filho. E toda vez que o senhor me vê, sente fúria por ter em mente que sou o intruso que tomou o lugar de seu filho.

O Rei olhou para ele ainda nervoso.

Minha vida é um livro aberto — hesitou o Rei. — Não preciso esconder nada, sou dono do meu próprio destino. E você tem toda razão, nunca gostei da ideia de criar um bastardo para colocá-lo no lugar de meu filho legítimo — os olhos dele ficaram frios. — Apenas te criei por amor à Rainha, pois essa foi uma maneira que encontrei para amenizar a dor que ela sentia. Você não imagina o que é a dor de perder alguém que você ama mais que a própria vida — concluiu ele com uma voz infeliz.

Um silêncio infernal permaneceu durante alguns segundos.

Criava o meu filho para fazer dele um grande homem e rei — disse o Rei com amargura, quebrando o silêncio. — Eu o perdi, pensei e sonhei com a volta dele, porém, isso não aconteceu. E depois de tanto tempo, devo admitir, perdi a esperança. Agora tenho apenas você. E quer você queira ou não, você é o príncipe herdeiro e farei de você rei.

Eduardo ficou embasbacado com as últimas palavras do Rei, no entanto, continuou fingindo serenidade. "Jamais poderia imaginar que, ainda em vida, Filipe faria de mim Rei", pensou, atordoado com o fato.

O Rei olhou fixamente para Eduardo.

Se você tiver de esperar minha morte para se tornar rei – disse o Rei com ironia —, certamente não irá suportar a espera. Minha saúde é de ferro, decerto me mataria.

O Rei sorriu cinicamente para Eduardo, enquanto ele o olhava sem acreditar no que ouvia.

Você não é o meu filho — continuou o Rei —, mas não posso negar que, apesar de não me sentir bem com sua presença, se meu filho estivesse aqui, queria que ele fosse como você. Tenho reparado desde a noite de ontem e pude perceber que você é perspicaz e ambicioso — disse ele pensativo. — Você é o tipo de homem que sabe aonde quer chegar e possui o mesmo ar prepotente e egoísta meu. Você é parecido ou igual a mim. E não duvide, você me mataria, se preciso fosse, para se tornar rei. Se eu fosse você, talvez fizesse o mesmo. Portanto, se você estiver pensando em me matar, esqueça! — murmurou ele. — Vou te preparar para me suceder ainda em vida. Agora, tem uma coisa — disse ele com firmeza. — Você vai largar esta burguesa golpista que chegou com você. Você se casará com uma princesa e assim formarão um novo reinado.

Não posso — respondeu Eduardo de súbito.

Como não? — perguntou o Rei, odiando sentir-se contrariado. — Estou te entregando o mundo. E você, por causa de uma descendente de burgueses, vai jogar tudo fora?

Papai... Ela é Pan Nômades, filha do maior burguês do mundo.

Mais um motivo para eu proibir este casamento. Ela não é nobre. E não me importa se ela é herdeira de Nômades, tenho ódio a burgueses. Não passam de ratos — disse ele com desprezo.

Me desculpe, pai — insistiu Eduardo —, o senhor está deixando se levar por pequenas coisas — disse com convicção. — Esta cidade e todo o mundo estão sofrendo um colapso de suas antigas instituições, há revoluções ocorrendo em todas as cidades. Está havendo uma descentralização do poder, vários reis já perderam os seus poderes de mando e foram depostos. Isto quando não matam toda a família real e o poder passa para uma República ou uma Monarquia Parlamentarista. O Renascimento trouxe uma visão diferente ao povo, eles não veem mais o rei como um divino na Terra ou um intocável. Não mais, eles querem tomar o poder. Eles acham que qualquer homem, desde que tenha habilidades suficientes, pode se tornar um governo. E quem está influenciando nesta grande mudança são os burgueses, homens que se fazem por si só, não dependem da fortuna de familiares. Um homem nascido em uma família pobre pode ser o homem que todos irão proteger amanhã, se ele se tornar rico. E é o que está acontecendo.

E o que isso tem a ver com você deixar de se casar com uma princesa para se casar com Pan? — perguntou ele, começando a aceitar a ideia.

Não amo Pan, mas sei que ela é a mulher ideal para um Rei. Ela é filha de Nômades, o burguês mais poderoso do mundo. Se a tivermos do nosso lado, dificilmente o meu reinado sofrerá com alguma revolução, afinal de contas o povo terá um rei casado com uma burguesa. E isso lhes causará a sensação de que este reinado possui ideias diferentes, de que este rei não será absolutista. E então, para continuarmos no poder, darei ao povo o que

EXPERIÊNCIA QUASE VIDA

eles desejam: uma constituição. E serei um grande líder. Darei proteção ao meu povo, criarei vínculos nacionalistas com eles, mas sem tirar deles suas convicções e liberdades. Em troca, me manterão no poder. E pode ter certeza, todas as cidades do mundo sofrerão com a revolução, exceto a nossa, porque a farei primeiro. Ser rei é fácil, papai. Difícil é ser um líder. Um líder tem o dever de enxergar e ir além e, mais ainda, um verdadeiro líder é aquele que consegue ouvir a voz daqueles que não têm voz. Um líder nunca rouba ou tira vantagens de seu povo, pois percebe que, quando o faz, está roubando de si. A miséria de um povo é a desgraça de seu rei — concluiu ele com um sorriso delicioso nos lábios.

Vejo que você é melhor do que esperei — disse o Rei sentindo um orgulho disfarçado por Eduardo. — Não pense que vou te passar o trono porque te amo, porque não... Não é nada disso, apenas te passarei o trono por causa dessas revoluções que andam ocorrendo pelo mundo, pois percebo que a coroação de um novo rei ajudará a distrair esta confusão. Mas, mesmo não sendo por vontade própria, desejo que você seja um grande rei. E vejo que você será melhor do que esperei — disse o Rei encerrando a conversa e se retirando do escritório.

Era noite e a tempestade já havia passado. O príncipe ainda permanecia por alguns instantes no escritório, sentado em uma poltrona de couro legítimo. Olhava para um quadro que estava na parede à sua frente, do pintor italiano Jacopo Tintoreto. Ele retrata a origem da via láctea nele: Zeus, em forma de águia, instruía Hermes a levar Hércules ao seio de Hera, para, bebendo de seu leite, tornar-se imortal. No entanto, a deusa desperta e o leite se espalha pela galáxia. O quadro é realmente maravilhoso, mas Eduardo olhava para ele como se, ao invés de enxergar o quadro, estivesse distante, imaginando ou pensando em outra coisa. Seu olhar era penetrante, permanecendo imóvel por alguns minutos. De repente se levantou e caminhou em direção aos jardins do palácio.

Chegando aos jardins, andou calmamente até o centro deles e percebeu que já estava muito distante do palácio. Os jardins eram todos iluminados, ele ficou maravilhado com a exuberância e beleza do local. Naquele momento sentiu-se tão pequeno no meio daquelas flores e rosas perfeitas. Mas, ao mesmo tempo, sentia o poder correndo em suas veias, sentia que era tudo, que o mundo girava e ele era o centro do universo. Sentia-se como um verdadeiro deus, sua beleza completava o cenário exuberante. Começou a olhar fixamente para o céu e voltou a ficar imóvel. Por um instante lembrou-se da imagem de sua mãe e da promessa que havia feito a si, de se tornar o homem mais rico e poderoso da face da Terra. Sentiu falta de sua mãe naquele momento. "Talvez não deva reclamar tanto da vida, pois, apesar de eu tê-la perdido daquela maneira, tive a chance de conhecer e ter sido criado por uma grande mulher", pensou ele. Continuou olhando o céu e apreciando as estrelas. O olhar dele era mais brilhante e cintilante que a própria lua. "Eu daria tudo para apenas ver Hélfs de novo", pensou ele distraído.

Droga! — disse ele atordoado. "Tenho que tirar essa moça dos meus pensamentos" — Ela não faz parte da minha vida.

O príncipe continuou no mesmo local, passou as mãos sobre o cabelo e deixou-as escorregarem sobre seu rosto. "Tenho que esquecê-la, isso está virando loucura, não quero amar ninguém. Um amor destrói um homem". Olhou novamente para os jardins e teve uma sensação ruim, a impressão de que um poder misterioso o vigiava. Deu início uma ventania e lembrou-se de sua mãe dizendo de que "os ventos mudam a vida de uma pessoa". Começou a caminhar, mas desta vez em passos mais rápidos, indo em direção ao palácio, como se tentasse fugir de seus próprios pensamentos.

Capítulo 9

Bom dia! — disseram Eduardo e Pan ao cumprimentarem o Rei e a Rainha, que já estavam sentados à mesa para o chá da manhã.

Bom dia. Esperávamos por vocês, sentem-se. E então, estão gostando de morar no palácio? — perguntou a Rainha.

Estamos adorando, nunca nos sentimos tão bem. E veja, não é pelo fato do conforto que temos aqui, mas pela simples razão de estar junto à minha família — disse o príncipe sorrindo. — E como se já não bastasse tamanha felicidade, me sinto um homem de sorte, pois tenho ao meu lado a mulher mais linda do mundo — ele olhou para Pan.

Pan sorriu para ele.

Ah! Obrigada, meu amor. Não sabia que eu era capaz de te fazer tão feliz assim — disse ela o observando.

Não! Se você não sabia, é melhor que fique sabendo que eu te a... — ele não completou a palavra e continuou. — Estou dizendo isso na frente de meus pais para que eles fiquem sabendo que você é a mulher que eu escolhi para formar uma família — disse ele, levantando-se de sua cadeira e aproximando-se dela. — Casa comigo, Pan? — disse, segurando com carinho sua mão e dando a ela uma orquídea vermelha que ele retirara naquele momento da mesa.

Ela ficou atônita. Não conseguia acreditar no que ele estava fazendo. Sua cabeça fervilhava, não conseguia pensar no que fazer. Naquele momento todos a olhavam. Eduardo percebeu o nervosismo dela e fitou-a de uma maneira amorosa.

Sim! — disse ela, ao perceber que demorava a agir. — Aceito, Eduardo — respondeu, ainda confusa.

Eduardo sorriu e eles se olharam.

O Rei e a Rainha os abraçaram e desejaram felicidades ao casal.

Tem apenas uma coisa errada — disse o Rei, olhando para Eduardo. — Você não continuará por muito tempo como príncipe.

Nesse momento Eduardo assustou-se, no entanto, continuou fingindo serenidade.

Já estou exausto... — continuou o Rei —, mas ainda assim poderia terminar o meu reinado até os meus últimos dias. Só que não suporto mais o senado e a disputa pelo poder. Há muito tempo venho pensando em passar o trono, porém não tinha em quem confiar. Mas agora com sua volta, Eduardo, e vendo que você está seguindo o caminho correto e vai se casar, e que estudou e aproveitou da maneira exata tudo o que o acaso lhe concedeu, vejo que está chegando a hora de você se tornar o novo rei. E então, o que você me diz?

Eduardo sentiu o sangue correr em suas veias.

Bem, não devo negar que sempre sonhei com este momento e ficarei feliz em ser o novo rei — disse ele, sem modéstia. — Espero apenas poder corresponder às suas expectativas.

Você vai ultrapassar minhas expectativas — respondeu o Rei reparando na empolgação nos olhos verdes do príncipe e a ganância explícita pelo poder em suas palavras. "Mas devo admitir que olhar para ele é como olhar para mim mesmo há uns 30 anos!", pensou o Rei desviando o olhar de Eduardo e em seguida retornando a olhar para ele. — Ah! Tem outra coisa, Eduardo. Você se tornará rei no dia do seu casamento com Pan.

Que excelente ideia! — exclamou a Rainha sorrindo. – Ah, isso merece um brinde — disse, levantando sua taça de cristal.

Todos se juntaram em um círculo.

Um brinde a esta família feliz. E que o reinado de Eduardo seja glorioso — disse a Rainha sorrindo e erguendo sua taça. Os cristais se tocaram em uma perfeita harmonia. O príncipe sorriu, relaxando deliciosamente o maxilar.

Ouviam-se pelo palácio sorrisos, conversas jogadas fora e muitas gargalhadas naquela manhã, como há muitos anos não se via naquele local.

Vamos para nosso aposento — disse o príncipe à Pan, após o Rei e a Rainha se retirarem da sala.

Levantaram-se de suas cadeiras e começaram a subir a enorme escadaria de mármore. Ao entrarem no quarto o príncipe trancou a porta.

O mundo conspira a meu favor — disse o príncipe excitado, com o ar de vitória, olhando fixamente para Pan.

Você quis dizer a nosso favor — corrigiu Pan.

Que seja! — disse ele, não dando a mínima importância para ela. — Vou tomar um banho — disse, indo para o banheiro.

Ao terminar o banho, Eduardo retornou ao quarto.

Largue estas cartas! — disse Eduardo friamente.

Pan assustou-se, levantou-se da cama sem jeito e começou a organizar as cartas para entregá-las a ele, enquanto ele permanecia parado com os braços cruzados e um olhar demoníaco para ela.

Eu disse para largá-las — gritou pela primeira vez.

Me desculpe — disse ela. — Peguei apenas as suas coisas para organizá-las e sem querer acabei vendo estas cartas. Não pretendia lê-las, mas a curiosidade foi maior — concluiu ela fazendo um gesto de perdão.

Ele caminhou até a cama, pegou as cartas e as trancou em um baú de ouro.

São lindas! É de alguma namorada? — perguntou ela, demonstrando sem querer certa fúria. — A pessoa que lhe escreveu estas cartas deve lhe amar muito... E você a ama? — fez uma pausa, sem tirar os olhos dele. — Já sei, é de um amor que acabou, porém você ainda gosta dela.

Ele permaneceu em silêncio.

Psiu? — disse ela, tentando chamar a atenção dele. — Você não vai falar mais comigo? — inclinou o corpo sedutoramente. — Já te pedi desculpas. Não vou mexer em mais nada, prometo.

Eduardo se aproximou dela.

Tenho certeza, você nunca mais mexerá em nada meu, porque comigo você não brinca. Chegou a hora de você decidir de que lado está — segurou o braço dela.

Você é louco! — gritou ela, tentando se soltar dele.

Ele apertou com mais força os braços dela.

Não se faça de desentendida, você sabe de todo o plano. Você sabe que eles pretendem matar o Rei e a Rainha, mas sou bem mais esperto que eles. Se você estiver do meu lado, farei de você minha Rainha, mas se você continuar do lado deles... terei de destruí-la da mesma forma que farei com eles. Eu te mato — sussurrou ele bem baixinho no ouvido dela.

Ela sentiu um calafrio. Ele a largou com violência.

Você é um louco! Um demente mesmo. Como pode pensar que eles vão lhe matar? — disse ela. — Logo ele, que foi como um pai para você? Você é mesmo um verme — disse quase gritando.

Não tente me enganar, você pensa que sou um idiota? Tem algo de errado nesta história e sei que você sabe de tudo. A sorte está do meu lado, já conquistei a confiança do Rei e, para mim, será muito mais fácil liquidar com aqueles dois e ficar com todo este poder. Agora você é quem escolhe, vai ficar do meu lado ou do lado dos perdedores?

Ela ficou em silêncio e desviou o seu olhar do dele.

Vou tomar meu banho — disse ela, ajeitando o cabelo e arrumando uma desculpa para encerrar aquele assunto. — Eu o amo — gritou ela.

Ele deu uma gargalhada.

Ela saiu em direção ao banheiro. O príncipe se deitou na cama, mas não dormiu. Fechou os olhos e ficou imaginando o que faria para retirá-los de seu caminho.

Pan retornou ao quarto, aproximou-se do príncipe, entrando com o seu corpo por entre as pernas dele.

Eduardo abriu os olhos. Eles se entreolharam.

Este é o meu preço — disse ela, passando as mãos pelo cabelo sedutoramente. — Fica comigo, faça de mim rainha e te entrego a cabeça deles.

Ele sorriu.

Desde a primeira vez que te vi, te desejei — disse ela, enquanto se deitava sobre o corpo dele.

O príncipe retirou o penhoar de seda preto que ela vestia. Olhou fascinado para o corpo dela. Deitou-a na cama, passando o seu corpo rígido por cima do dela. A bela burguesa sentiu a língua de um príncipe penetrando em sua boca, começou a chupá-la com um desejo insano. Ele começou a beijar e acariciar o corpo de Pan, ela gemia de prazer. O suor escorria no corpo deles.

Ao amanhecer, o Rei deu ordens para que os seus guardiões preparassem sua carruagem, com todo o aparato real que os identificavam como a majestade. O Rei e o príncipe partiram em direção à cidade.

O príncipe estava magnífico com um chapéu preto e calça de presilha. Por onde eles passavam, todos os olhavam com interesse. O príncipe era tão

EXPERIÊNCIA QUASE VIDA

belo que sua beleza trazia alegria a quem o olhava. Mas a verdade era que, mesmo tendo nascido naquela cidade, o príncipe conhecia muito pouco de lá. Quando ele pensava na cidade, lembrava-se de um lugar calmo e sujo, onde se vivia atrás de paredes e venezianas, ruas estreitas cheirando incenso e um som de sofrimento em um velho café. Bom, tudo isso ainda estava lá, mas ainda havia outra cidade, que talvez demonstrasse melhor esse lugar no início de um novo século. Era um local de contrastes, onde o antigo se mistura com o novo. Podia se ver os escravos, que eram conhecidos como escravos de ganho, isto é, escravos que, por dominarem um ofício qualquer, eram alugados por seus donos. Presença frequente nas ruas. Ofereciam serviços diversos: carpinteiros, moços de recados, pedreiros, quitandeiras ou prostitutas. Eram também os responsáveis pela maioria dos transportes de mercadorias realizados dentro da cidade. Atentamente vigiados pela polícia, uma ou duas vezes ao dia tinham que se apresentar na casa de seus senhores para entregar o dinheiro recebido por seu trabalho. Alguns desses escravos não residiam na casa de seus senhores. Por outro lado, viam-se pequenos proprietários arrendatários ou assalariados, que trabalhavam nas grandes fábricas ou nas grandes propriedades rurais da aristocracia e da burguesia, se misturarem em meio a grandes e pequenos burgueses que tinham os seus negócios, onde atendiam aos seus clientes em suas lojas ou mesmo em grandes feiras ao ar livre.

Era uma verdadeira transformação que já vinha se arrastando desde o século XVII. Em vários países do continente, a monarquia vinha sofrendo com as mudanças. Os burgueses lideravam rebeliões onde visavam o estabelecimento de monarquias constitucionais, nas quais o poder dos reis seria limitado por leis, votadas pelos parlamentos e com suas maiorias controladas pela burguesia. Até nisso a sorte acompanhava o príncipe, pois, se tornando rei, fará a união perfeita para essa nova época: casar-se-á com Pan Nômades e assim se tornará genro do maior burguês do continente. Mas a verdade é que o príncipe sabia muito pouco sobre a vida da maioria daqueles que viviam ali. Não me refiro a reis, sacerdotes e escribas, mas aos camponeses que faziam a comida e aos trabalhadores e escravos que construíam os palácios, teciam as roupas, produziam as embarcações e as armas. O povo comum, em sua maioria, era analfabeto, sendo difícil ouvir sua voz. Mas, ao passear pela cidade, o príncipe estava decidido a fazer o melhor para o seu povo. Ele possuía um horror à miséria, tanto para ele, quanto para o seu povo. Ao caminhar pela cidade deparou-se com um cenário em que crianças trabalhavam como adultos, de pés descalços e roupas rasgadas. E a pobreza, junto com a feiura, estampava no rosto dos adultos. Ao passar por uma rua de pedra, percebeu que alguns homens brancos de chapéu e com um chicote nas mãos açoitavam um homem que estava amarrado em uma árvore.

Mas não fiz nada! — gritou o homem começando a ficar nervoso.

O torturador olhou para ele com expressão de ódio, e lhe deu um golpe tão violento com um bastão em seu testículo que o homem se revirou no tronco de dor.

Quais os escravos envolvidos nesta fuga? — esbravejou o torturador.

Não sei.

Muito bem — disse em voz baixa —, você escolheu o caminho mais difícil.

O homem, com olhar demoníaco, foi até um capataz, pegando da mão dele um chicote, caminhou até uma poça d'água que estava sobre a lama e o molhou. O chicote estava encharcado. O chicote golpeou as costas do homem preso ao tronco como fogo líquido, depois o rosto.

Quem são os outros? — rugia o torturador. — Quero nomes!

Não sei — gemia de dor.

O chicote vibrou no ar e mais uma vez a explosão de dor foi sentida na carne daquele homem. A dor ultrapassava qualquer definição, começou a urinar sangue.

O príncipe, ao ver esse horror, não acreditava no que os olhos lhe mostravam. De súbito desceu de sua carruagem, deixando sua escolta para trás.

Soltem este homem! — disse o príncipe, ao chegar perto dos torturadores.

O chicote parou no ar e o torturador assustado olhou para ele.

Mas isto não é um homem! — disse o torturador sorrindo. — Ele é um escravo — disse com nojo. — E, além de tudo, organizou com outros uma fuga para Palmares. Fui ordenado por meu patrão a dar neste um castigo que servisse como exemplo para todos — gritou ele sorrindo e dando outra chicotada no homem.

Seu desgraçado! — disse o príncipe. — Ordenei que parasse — rugiu ele, dando um soco com força no estômago do torturador, que caiu no chão devido à dor.

Todos olharam chocados para o príncipe.

Como pode um príncipe sujar as mãos por causa de um escravo? — murmurou um homem.

Solte-o — repetiu o príncipe ao torturador, desferindo para ele um olhar demoníaco.

Com dificuldades e sentindo-se humilhado, o torturador se levantou e soltou o homem, que ao ser solto teve de sair carregado.

Demônios! — murmurou uma velha senhora contra os torturadores. — É um horror o que estes vermes, filhos de uma besta, fazem — disse ela revoltada, cuspindo no rosto de um deles.

O homem desferiu contra ela um olhar do cão. Se o príncipe não estivesse ali, ele mataria a velha, mas teve que suportar a humilhação sem revidar.

Demônios não somos nós — rugiu o torturador enquanto limpava o cuspe de seu rosto. — Demônio é ele — murmurou baixinho. — Apenas cumpro ordens, mas o lucro desses escravos vai é para a majestade.

Ao ouvir o insulto, a Guarda Real se aproximou para prender o torturador, mas o príncipe não deixou. Aproximou-se do torturador e fitou-o nos olhos. O torturador tremeu com a reação do príncipe.

O povo tem o rei que merece — disse. — Não sou o seu rei. Você está certo, é pago para vigiar os escravos. No entanto, a parte da maldade que você é capaz de infligir para conseguir fazer o seu trabalho vem de você. O seu espírito é diabólico e, como príncipe e futuro rei desta cidade, digo que você não serve a este Estado. Agora vá, suma da minha frente! — rugiu enfurecido, porém mantendo a opulência real.

O homem retirou-se do local com a cabeça abaixada.

O príncipe ficou parado por alguns instantes, em seguida olhou friamente para os outros torturadores.

Nunca mais quero ouvir falar desse tipo de sanção. Se um de vocês tornar a agir dessa maneira, cometerá um crime de lesa majestade, terá de acertar a conta comigo. Agora vão, saiam todos daqui! — disse ele, se retirando do local e caminhando em direção à sua carruagem.

O senhor será o maior rei de todos os tempos — gritou a velha senhora. — O senhor reinará terra, céu e mar. Deus está ao seu lado — disse emocionada.

O príncipe subiu em sua carruagem.

Eduardo entrou e partiu sem olhar para trás, mas ouviu o que a senhora lhe disse. "Deus não existe. E se existisse, não estaria comigo. É uma velha coitada!", pensou o príncipe, se acomodando em sua carruagem.

Por hoje basta — disse o Rei. — Vamos direto para o palácio.

Durante o percurso, o Rei ficou em silêncio por um bom tempo. No entanto, por um momento olhou para o príncipe.

Você é a salvação deste povo! — disse o Rei ao príncipe.

Você será um rei digno — concluiu, rompendo o silêncio e reparando friamente em Eduardo. — Há muito tempo prometi a um homem que um descendente meu abolirá a escravidão. E será você quem cumprirá minha promessa.

Pai, o povo já não vê com bons olhos a escravidão. A maioria das terras é do rei e eles não recebem nada em troca, apenas castigos e açoites — disse o príncipe com ar de justiceiro. — Vou mudar isso, meu pai. Eles continuarão a trabalhar, no entanto, receberão pelos serviços prestados e deixarão de ser usados por seus donos como coisas ou objetos. Eles ganharão os seus direitos de cidadão. Criarei leis que proíbam a escravidão e o tráfico de escravos em nosso país. Tornando-me o novo rei, darei a eles a abolição. Mas com uma grande diferença, darei a eles também condições de terem uma vida digna, não os deixarei sem a ajuda do Estado. Aliás, o que nem será uma ajuda, mas de fato uma justiça, pois o que temos feito é destruir a vida desses seres humanos. E nenhum ser tem o poder de comandar ou arruinar a vida de outro. A aristocracia tem de entender que o grande sucesso de uma cidade não se deve apenas à autoridade do Rei, nem ao poder de seu exército, mas ao povo — encerrou o príncipe fitando o olhar do Rei.

Queria que meu filho fosse você, Eduardo! — murmurou o Rei inconformado, desviando seus olhos dos do príncipe.

Capítulo 10

Um ano já havia se passado do retorno do príncipe Eduardo ao palácio. Estava no fim do ano de 1722. Nesse período, Eduardo conseguiu conquistar a confiança do Rei e tudo caminhava dentro de seus planos.

Pai, preciso falar com o senhor por alguns instantes — disse o príncipe, entrando no escritório Real.

Então diga, meu filho.

O Rei havia pegado carinho por Eduardo e já o tratava como um filho. O príncipe sabia que esta conversa resumiria todo o seu plano. Não podia cometer nenhum erro, por isso a conversa entre eles seria longa.

Acho estranho esse seu pedido, filho! Mas, se será melhor para este reinado, nesta noite, não vejo mal algum em mandarmos nossa guarda.

Obrigado, pai.

Mas por outro lado, meu filho, esta mudança da corte real para o nosso continente irá trazer profundas mudanças ao nosso país, uma vez que pode vir a ocorrer a abertura dos portos. E isso será muito importante para nós, pois podemos ganhar também um novo aliado, se pensarmos em comercializar com eles os nossos produtos.

Tem razão, meu pai. E estarei interessado em participar dessas negociações, mas não podemos nos esquecer de que, se isso ocorrer, o país mais beneficiado será a Inglaterra. Bom, mas já está decidido. Mandarei os nossos guardiões junto com um representante para homenagear a vinda da Família Real, que está prevista para chegar aproximadamente no mês de janeiro. Não mandarei o nosso exército, pois não podemos nos privar dele neste momento de revoluções, mas parte da nossa guarda real estará lá para nos informar sobre quais são os reais interesses deles. Confie em mim meu pai, sei o que estou fazendo — disse o príncipe, deixando o escritório.

Besteira — sussurrou o Rei ao sentir um calafrio depois que Eduardo saiu do escritório.

Após ter deixado o escritório, Eduardo partiu em direção aos jardins do palácio, onde uma carruagem já o esperava.

Vamos! Está na hora, não podemos nos atrasar — disse o belo jovem enquanto colocava sua mala na carruagem.

Vamos, já estou pronto — respondeu o outro de meia-idade entrando na carruagem, acompanhado por outro homem.

Quem é este? — perguntou o belo jovem de olhos verdes intensos, mostrando-se nervoso.

Karl — respondeu o mais velho. — Vai conosco, apenas nós dois, não conseguiremos.

Ele é de confiança? — perguntou o jovem. — Ninguém pode saber sobre o que irá acontecer no palácio. Não podemos deixar vestígio algum — gritou irritado.

Meu dileto! — disse o mais velho. — Ele é de confiança. Precisamos de ajuda, pois o príncipe é muito esperto. Agora, se Karl cometer algum erro, nós o matamos — concluiu percorrendo um olhar ameaçador para Karl.

Karl olhou para os dois com receio.

A carruagem com os três homens partiu da cidade de Florença, pegando a estrada de terra em direção ao porto. A viagem era longa e cansativa, gastariam quase um mês para chegarem no destino. Mas tudo foi muito bem organizado, eles chegaram no dia e na hora exata que haviam combinado. Ficaram em um velho casebre abandonado a alguns quilômetros do palácio, para que assim não levantassem nenhuma suspeita.

Prestem atenção! — disse o mais velho, sentando-se no chão e chamando os outros dois, que se sentaram em seguida formando um círculo. — Você não entrará no palácio — disse para Karl —, te daremos cobertura. Você passará apenas pela portaria, mas, quando estiver lá dentro, se esconderá nos jardins, você é quem vai nos proteger. Por isso, ficará escondido nos jardins e só entrará no palácio quando eu aparecer na porta principal fazendo este sinal — disse acenando.

Certo — respondeu Karl com uma voz rouca.

Eles passaram a tarde toda tramando como fariam para exterminar cada gota de sangue vivo da Família Real.

EXPERIÊNCIA QUASE VIDA

Agora é só esperarmos anoitecer — disse o mais velho friamente enquanto acendia um charuto.

Eram exatamente 24 horas, do dia 01/08/1722, quando os três homens atravessaram sorrateiramente os imensos portões do palácio real. Todos estavam vestidos com um paletó negro. Dependendo do ângulo em que estavam, não dava para dizer com exatidão quem era quem.

Quando penetraram os portões do palácio puderam perceber que tudo estava do jeito que eles haviam planejado. Havia apenas 20 guardiões no palácio e esses teriam sido comprados para não verem e não ouvirem nada. Os outros guardiões foram enviados para o porto, onde iriam reverenciar, em nome do Rei, a família real portuguesa. Estando já a alguns metros da gigantesca porta principal, Karl caminhou para a direita e foi em direção aos jardins, escondendo-se. Os outros dois continuaram seguindo em frente. Ao aproximarem-se cada vez mais do enorme palácio real, todo de mármore, com os terraços que se estendiam por 600 metros, ao longo de praias paradisíacas, pensaram em dinheiro, poder e glória. E, com a mesma intensidade, em se vingarem do Rei e de toda sua família.

Chegaram até a entrada e foram admitidos por um dos mordomos que também havia sido comprado. O mordomo fez um sinal significando que tudo estava certo e que o Rei e a Rainha dormiam. Em silêncio foram todos para o salão dourado.

O príncipe estava em pé no centro do salão.

Eduardo avistou Lucas, caminhou até ele. Lucas se virou para Eduardo e os dois se olharam friamente.

Retire-se — disse o príncipe ao empregado, que fez o que ele lhe ordenou.

Conseguimos! — disse Ross, um pouco tenso. — Vamos acabar com isso logo, nos leve até o aposento real — disse, olhando para o príncipe.

O príncipe permaneceu em silêncio.

Eduardo olhava para o imenso salão dourado com a sensação de que estava sendo vigiado. Tentava procurar algo que comprovasse isso, mas era impossível, pois o salão era gigantesco, o que atrapalhava uma visão ampla de todos os seus ângulos.

Fique tranquilo, Eduardo! — exclamou Lucas ao perceber a desconfiança dele. — Tudo vai dar certo — sorriu confiante para Eduardo. — Ninguém pode atrapalhar.

Você foi muito competente até aqui, mas agora quem dá as ordens sou eu — disse Eduardo, com ar de desprezo para Lucas.

De repente a porta central se abriu e eis que surgiu Pan com um vestido negro de cetim, coberta por diamantes. Ela caminhou em direção a Eduardo. O seu vestido contornava todo o seu corpo, demonstrando ainda mais suas curvas perfeitas. Aproximou-se dele.

Pan olhou para Eduardo, beijando suavemente sua face. Em seguida olhou para Lucas e caminhou até ele. Estando bem perto dele, beijou os seus lábios.

Eduardo ficou enfurecido, Ross o segurou.

Mantenha a calma! — gritou Ross. Pan soltou-se dos braços de Lucas.

Não precisam mais ficar fingindo para Lucas — disse Pan cinicamente —, porque contei para ele toda a verdade. Ele já sabe que vocês pretendiam matá-lo, depois que matassem o Rei e a Rainha. Ele já sabe que vocês fariam isso para não deixarem nenhuma gota de sangue desta família viva. Já que Lucas é o filho do Rei, que você, Ross, tentou matar quando ele ainda era criança! Sinto muito — concluiu Pan ironicamente.

Sua prostituta! Desgraçada, você me traiu! — rugiu Eduardo.

Eu disse, Eduardo. Como você pôde confiar nesta filha de uma puta burguesa? — gritou Ross, desesperado.

Mas isso não vai ficar assim — Eduardo partiu para cima de Pan, porém foi detido por Lucas, que o golpeou com um soco no estômago.

Eduardo caiu com um grito de dor.

Em um ato de desespero, Ross lançou o braço para frente, atingindo o queixo de Lucas.

Ouuuu... Seu desgraçado! — rugiu Lucas ao ser atingido por Ross.

Lucas revidou dando um soco no nariz de Ross com violência. Ouviu a cartilagem se partindo.

Neste momento, o Rei, que se encontrava escondido dentro do salão, ordenou que seus homens detivessem Eduardo e Ross. Em seguida, o Rei caminhou até o centro do salão.

Então você não é Eduardo. Você é Lucas! Como pode ser? Eu exijo uma explicação para isso! — disse o Rei feito um demônio.

— Sim, exatamente. Mas acredite sou a maior vítima de tudo isso, aceitei vir para este castelo me passando por Eduardo, em troca de poder, e eu jamais imaginei que eu era o seu filho legítimo, após eu ter sido sequestrado, fui entregue por Ross para ser criado por outra mulher, uma prostituta. quem seu sempre acreditei que era minha mãe legitima, e depois o destino me fez reencontrar com Ross e Eduardo, devido as nossas semelhanças físicas o plano deles era o de eu retornar ao castelo disfarçado de Eduardo, ajudá-los a matar o meu próprio pai, e logo após, Eduardo tomaria o poder. Porém, Pan que tinha conhecimento de toda a verdade, foi leal a mim, e me contou todo o plano de Ross e Eduardo.

Então você realmente espera que eu acredite que você é o meu filho que foi sequestrado por Ross? Dado para ser criado por uma prostituta. Depois encontrado novamente por Ross e foi criado por ele. E que você, junto com o Eduardo, tinha o plano de retornar ao palácio para matar o seu pai e sua mãe. E você veio para cá sem saber que eu era o seu pai e me fez de idiota junto com esta vigarista burguesa? — A última palavra soou como se fosse um palavrão. — É isso que você quer que eu acredite? Você quer que eu acredite que você é inocente e que você foi muito bom por não ter me matado? É isso que você quer que eu acredite, seu depravado? — rugiu o Rei dando um soco com toda força na cara de Lucas que sentiu a dor, mas manteve-se imóvel. — Se era isso que você esperava, esqueça! Jamais acreditarei nisso. Você não passa de um filho da puta tirado a espertalhão, que achou que ia se sair desta da melhor maneira possível. Você me entregou os seus aliados, acreditando em tirá-los do seu caminho, e agora espera que eu acredite nestas baboseiras e te transforme em Rei? Mas esqueça, mandarei todos para o inferno. Ninguém sai vivo daqui — rugiu o Rei.

Detenham este marginal e esta vagabunda! — ordenou o Rei aos outros guardiões que acabavam de entrar no local.

Os guardiões seguraram os dois.

O Rei olhava para todos com ódio e fúria, mas, sem perder a razão, aproximou-se de Eduardo.

Então você, Eduardo, nascido no meio daqueles porcos... E que tive a misericórdia de criar como um príncipe... Justo você que devia beijar os meus pés, teve a baixeza de se aliar a esse porco para me destruir? Ao meu maior inimigo, que ousou desafiar o meu Reino e sequestrar o meu filho? Você ousou se opor contra mim? Para me destruir? Anda, responda seu desgraçado! — gritou o Rei, dando um soco no rosto de Eduardo.

Você é um patife — rosnou Eduardo cuspindo sangue —, que matou minha família — rugiu ele descontrolado.

Haha — gargalhou o Rei friamente. — Não me faça rir! Se sou um patife, imagine só o que você é! Você é um rato podre, Eduardo — rosnou. — Se fosse apenas vingança... Mas você é lixo! Na verdade, você não quer se vingar. Você quer é o dinheiro sujo pela morte de sua família e de tantas outras que tive que matar para construir este império. Filho da puta! Por isso que eu nunca aceitei e nunca vou aceitar um bastardo como filho — rugiu, cuspindo em Eduardo.

O Rei chegou mais perto de Lucas, sua vontade era de matá-lo naquele momento.

E você? — disse com a voz trepidando de raiva. — Entrou em meu palácio, fingiu ser o Eduardo, me enganou! E além de tudo acredita que vai continuar me enganando. Antes você fingia ser o bastardo, mas agora você quer fingir ser o meu filho legítimo. Desgraçado!

Deu um pontapé na cara de Lucas.

Lucas encolheu, dando um grito de dor. O Rei estava furioso.

Lucas levantou o rosto e fitou o Rei.

Sou o seu filho, por isso não o matei — afirmou Lucas com convicção. — Para mim, o poder e a glória estão acima de tudo. Nasci com o sangue real nas veias, nasci para ser rei. Se eu não tivesse tido a sorte de ter nascido como seu filho, não duvide que, se tivesse que matá-lo, eu o mataria. Aliás, este era o meu plano, porque não tinha nada a perder, mas agora não posso continuar com ele, pois descobri que tenho sim o que perder. Não há mais motivos para matar e roubar o rei, pois sou herdeiro de tudo isto — disse secamente. — Para mim não existe amor, não existe dor e nem sofrimento, passo por cima de tudo e de todos se necessário for para eu conseguir o que desejo. Não desejo apenas ter o poder, eu sou o poder — rugiu Lucas furioso, soltando-se dos guardiões.

Os guardiões voltaram a segurá-lo. Ele debatia-se contra eles para se soltar novamente.

Soltem-no — ordenou o Rei aos guardiões.

Não podemos soltá-lo, ele é muito forte — disse um dos guardiões preocupado com o que Lucas poderia fazer depois de ser solto.

Eu disse para soltá-lo, estou ordenando — disse o Rei secamente.

Lucas foi solto. Seu rosto ainda sangrava. Aproximou-se do Rei. Rasgou em seu corpo o paletó negro que vestia, deixando o seu peito rígido à mostra.

O Rei ficou estático ao ver a marca do crucifixo no peito de Lucas.

EXPERIÊNCIA QUASE VIDA

Isto não é possível! — O Rei era muito esperto para cair em um golpe. Ele pensou na possibilidade daquele jovem ter se queimado para fingir ser seu filho, mas a aparência do jovem não podia ser copiada. E ninguém podia negar que olhar para esse jovem era como olhar para o Rei há umas décadas. E isso não podia ser incomum. Mas isso, para o Rei, ainda era pouco.

Segurem este cretino e abaixem as calças dele.

Os guardiões cumpriram a ordem. Em instantes o belo jovem ficou nu na frente de todos.

O Rei não acreditava no que os seus olhos viam. Lucas, o seu filho, estava e esteve ali por todo o tempo diante de seus olhos. Concluiu o Rei, ainda em silêncio, após ver a mancha de nascença que todos os homens da família traziam na coxa direita e que Lucas também tinha nascido com ela.

Silêncio.

O Rei ainda estava fora de controle, enquanto todos os seus inimigos sentiam-se encurralados e presos em seu palácio, temendo o pior.

Diga o que quer que eu faça com os dois — disse o Rei olhando para Lucas e apontando para Eduardo e Ross com desprezo.

Lucas, ainda sem entender, olhou para Ross e Eduardo, que simultaneamente desferiram para Lucas um olhar de puro ódio.

Mate-os — disse Lucas com firmeza.

Eduardo e Ross apavoraram-se. Tentaram se soltar dos guardas, porém foi em vão.

E esta vagabunda, o que fazemos com ela?

Silêncio.

Lucas conhecia o Rei e, pelas últimas palavras dele, percebeu que estava salvo.

Bem... — disse Lucas pensativo — ela será minha rainha. Soltem-na.

Pan respirou aliviada.

Vocês ouviram a ordem do príncipe? — disse o Rei. — Matem-nos. Mas façam isso longe deste palácio, não quero o sangue destes animais aqui.

Eduardo e Ross foram retirados logo em seguida. Ross ao chegar à porta principal acenou com a mão. Karl caminhou em direção aos jardins. Eduardo lutou com os guardiões e conseguiu se soltar por alguns segundos. Correndo também em direção aos jardins para tentar se esconder, no entanto os guardiões o alcançaram, levando os dois para um encontro com a morte.

Parte três

APENAS OS PRAZERES

1723

Capítulo 11

Começou o início de um novo ano. A Família Real vivia feliz, todos os problemas haviam sido solucionados e Lucas se preparava para ser o próximo Rei. Fazia um belo dia de verão e os maravilhosos raios solares refletiam nos vitrais do suntuoso palácio. Como era de costume, a Família Real estava reunida à mesa para o almoço.

Querida, e o casamento, já marcaram a data? — perguntou Rainha Cecília à Pan.

Bem, ainda não — respondeu Pan, olhando para Lucas.

Lucas desviou o olhar.

Meu Deus! Vocês estão demorando muito. Pois então vou marcar a data do casamento. Olhem, não vou aceitar mudança: dia 27 de março, a melhor época do ano para celebrar uma cerimônia de casamento — disse a Rainha, sorrindo suavemente.

Adorei! Aceito, Cecília — disse Pan empolgada.

Está muito perto — Lucas olhou para Pan e contraiu os músculos do maxilar —, mas nos casaremos — concluiu sem emoção alguma.

Ela ficou deslumbrada com a resposta de Lucas.

Já que o casamento está próximo, temos que marcar a data do noivado — disse a Rainha.

Não tem problema. O noivado acontecerá no dia 28 deste mês — disse Pan. — Desejo uma cerimônia pequena, apenas para a família.

Concordo com Pan — disse Lucas.

Lucas começou a se interessar pelo casamento. Melhor dizendo, por sua coroação como rei, já que ela ocorrerá no mesmo dia do casamento.

Esperava por uma recepção mais sublime, mas se vocês preferem assim... Porém, o casamento será por minha conta e farei dele uma grande cerimônia — disse a Rainha gesticulando.

Todos sorriram.

Perdoe-me, majestade, por interrompê-los, mas há um mensageiro aguardando por vossa alteza no escritório. Ele traz uma correspondência do Duque Francês Baco De Orfleans — disse um dos mordomos, interrompendo o almoço da Família Real.

Não vou até o escritório, mande que o mensageiro venha até mim — disse o Rei.

O mordomo saiu. Passados alguns minutos, voltou à sala acompanhado do mensageiro.

Recebi esta carta das mãos do Duque Baco De Orfleans. Ele confiou-a a mim para entregá-la à vossa majestade e me fez prometer que a entregaria em suas mãos — disse o mensageiro entregando a carta nas mãos do Rei.

O Rei pegou o envelope. Todos à mesa olharam com curiosidade para as mãos do Rei.

Agora que cumpri minha tarefa, me despeço de vossa alteza — disse o mensageiro, prestando saudações à Família Real e partindo em seguida.

O Rei continuou sentado à mesa, mas interrompeu o seu almoço por alguns instantes. Abriu o envelope. Iniciou a leitura da carta. A cada segundo de leitura a fisionomia do Rei mudava. Ao fim, uma angústia estampava sua face.

O que houve meu bem? — perguntou a Rainha aflita.

Está havendo uma revolução na França. O príncipe Tito, noivo da neta de Baco, foi brutalmente assassinado por um grupo de republicanos. A situação está piorando na cidade. Apesar de o Duque possuir um forte exército, ele já está prevendo sua queda. E, preocupado com a segurança de sua neta, ele a enviará para cá. Junto com ela, ele mandará sua enorme coleção de joias — o Rei fez uma pausa olhando para todos. — A única saída para ele é abdicar, porém essa hipótese está fora de cogitação para o Duque. Em sua carta, ele diz: "ficarei e lutarei como homem. Posso fugir, pois ainda há tempo. Mesmo sabendo que me matarão, não largarei tudo que conquistei sem antes lutar. Peço-lhe apenas que cuide de minha neta. Se eu morrer, não deixe que ela venha para o meu enterro, pois, se isso acontecer, eles a matarão. Está havendo uma revolução do povo. O que significa o extermínio da aristocracia".

É isso que está ocorrendo em toda a Europa! — exclamou Lucas.

O Duque é um grande amigo, portanto tenho que ajudá-lo — afirmou o Rei, pensativo. — Enviarei parte do meu exército para ajudá-lo — disse, forçando um sorriso.

Não, pai! — disse Lucas em voz baixa. — Não devemos agir dessa maneira. Se o senhor enviar o exército, o povo pode se rebelar contra o senhor. Pense bem, papai. Quem tem que se salvar agora é o Duque. Entretanto, ele não quer abdicar e muito menos tornar o seu Estado em uma República — concluiu o príncipe, erguendo os ombros.

Queria não ter que concordar com o que você disse, mas está com razão — disse o Rei, suspirando fundo. — Vejo que sua coroação e seu casamento com Pan não podem ser adiados.

Me casando com a filha do burguês mais influente da classe, quem terá coragem de se pôr contra nós? — concluiu Lucas. — Pai, gostaria de te dizer algo que amenizasse sua angústia, mas não há solução. Só me resta me recolher. Boa tarde para todos — disse Lucas, se levantado.

Na manhã seguinte, enquanto o Rei e o príncipe foram para o senado, Pan preparava os detalhes para o noivado. Faltavam poucos dias para a recepção. Ela e a Rainha organizaram um chá das cinco horas no palácio, onde amigas nobres da Rainha compareceram. Sentadas em torno da mesa da sala de visitas ricamente decorada, aguardavam que as empregadas uniformizadas servissem o tradicional chá, que vinha acompanhado por bolos e sanduíches.

Quando uma das serviçais foi servir Pan, ela começou a enjoar e retirou-se em pedidos de desculpas, subindo direto para o seu aposento. A Rainha, preocupada, foi atrás dela logo em seguida.

O que ocorreu, minha querida? Você passou mal tão de repente! Estou preocupada com você.

Não foi nada grave, Cecília, apenas tive um enjoo, mas já passou.

Mas, mesmo assim, mandarei chamar o doutor para lhe consultar, pois já é a terceira vez em poucos dias que você passa mal.

Cecília, não precisa ficar preocupada. Como já disse, não é nada grave. Mas pode chamar o doutor, estou grávida.

O quê?

Isso mesmo. Estou grávida.

Mas esta é uma ótima notícia! Lucas está sabendo?

Não, ainda não comentei nada com ele. Fiquei com medo de estar enganada e criar uma decepção. A senhora sabe que Lucas sonha com um filho.

Sei. Ah, meu Deus! Estou tão feliz.

Tem apenas um problema.

Qual? — perguntou a Rainha assustada.

Meu pai, ele é muito conservador.

Ah, querida! Não se preocupe. Olha, falarei com ele e vai entender que não existem mais relações puritanas. No tempo em que vivemos há relações sexuais antes do casamento e ninguém, além da família, ficará sabendo que você vai se casar grávida.

A Rainha abraçou Pan. As duas estavam extremamente felizes. O Rei e o príncipe voltaram para o palácio.

Onde está a Rainha? — Perguntou o Rei a um dos mordomos.

Ela está no aposento de Pan, alteza.

Chamem-nas, diga que chegamos — ordenou o Rei.

Sim, alteza.

Pan e a Rainha foram para a sala de jantar.

Meus amores — disse a Rainha —, Pan tem uma excelente notícia para lhes dar — ela deu um suave sorriso.

Pan se aproximou de Lucas e beijou carinhosamente a face dele.

Estou grávida. Você será pai.

Vou ser pai! — disse Lucas. — Pai! Serei pai! — repetiu com a voz tão firme que ecoou o som por todo o palácio.

A felicidade de Lucas foi intensa, ele sempre desejou ser pai. A comemoração durou a noite inteira, tudo estava em repleta sintonia. No entanto, Pan não se sentia à vontade, estava inquieta e atormentada, mas não conseguia entender o motivo. Mas pressentia que, no meio de tanta alegria, o mal a espreitava.

Meus amores — disse a Rainha —, já comemoramos muito por hoje. Pan vá descansar. É melhor encerrarmos por hoje — disse ela, observando Pan.

Lucas pegou Pan no colo e subiu com ela para o aposento. Antes de se deitar, ele beijou o ventre dela com carinho.

Amo você, meu filho! — sussurrou Lucas, enquanto acariciava o ventre de Pan.

Ela ficou perplexa.

O que você disse, Lucas?

Lucas olhou para Pan.

Disse que amo o meu filho.

E a mãe dele, você não ama?

Lucas ficou sério.

Não vamos discutir sobre isso.

Não estou discutindo — gritou, mostrando-se descontrolada. — Preciso saber o que você sente por mim.

Lucas parou e olhou friamente para Pan.

Não me olhe deste jeito. Assim você me causa medo — disse Pan.

Ele desviou o seu olhar do dela.

Não cobre de mim amor. Sou incapaz de sentir isso, por você e por qualquer outra mulher.

Mas não sou qualquer uma! Sou a mãe de seu filho e sua futura Rainha — disse soluçando.

Os olhos de Pan encheram de lágrimas.

Não faça chantagem, sempre quis te ter. E você é a mulher perfeita para mim, nós dois somos iguais e você é quem eu quero ao meu lado. Formamos o casal perfeito. Agora chega desse assunto. Venha cá, vamos fazer amor — disse Lucas, beijando Pan.

Capítulo 12

Os dias no palácio passaram acelerados, faltava apenas um dia para o noivado de Pan com o belo príncipe Lucas.

Amanhã será um grande dia — disse a Rainha sorrindo.

Cecília, você acredita em augúrio? — perguntou Pan, impaciente.

Depende, minha querida! Ah, para dizer a verdade acredito, já ouvi tantos casos que se torna aceitável acreditar – disse a Rainha pensativa. — Você sabia que Agripina, a mãe do imperador Nero, de Roma, três meses antes de dar à luz o filho, foi até um astrólogo que lhe disse: "você dará à luz um filho que será imperador, mas ele matará a própria mãe." Então Agripina replicou: "que mate a mãe, mas seja imperador." Destino ou azar dela, deu à luz um imperador e ele mandou matar a própria mãe — disse a Rainha, inclinando as sobrancelhas.

Pan sentiu um arrepio.

Estou preocupada, Cecília. Venho tendo pesadelos horríveis. Acordo sempre durante a madrugada e fico agoniada. Volto a dormir, o pesadelo recomeça, mas quando acordo ao amanhecer não consigo me lembrar do que aconteceu no sonho. No entanto, mesmo não me lembrando do que se trata, sei que é algo muito ruim que está para acontecer e esses sonhos vêm como se fossem um aviso! — disse ela esfregando a mão esquerda sobre o peito.

Estranho! — disse a Rainha. — Mas não se preocupe. Isso não deve ser nada, você está apenas impressionada. Esqueça, é apenas bobagem.

Não, Cecília, não é bobagem, eu sinto! Eu sei, isso é algum aviso.

Já sei o que posso fazer para te ajudar.

O quê?

Vou te levar até Kalazar.

Kalazar? Quem é?

Ele é um curandeiro. E há um tempo me curou. Tenho certeza de que ele vai poder lhe ajudar. Ele vive em uma fazenda perto daqui e vem gente de todos os continentes para ele curar. Vamos até ele.

A Rainha acha que ele pode resolver o meu problema?

Tenho certeza. Espere por mim aqui, vou até meu aposento para pegar um chapéu e volto logo.

Quando chegaram à fazenda, Pan sentiu um forte arrepio em seu corpo.

A fazenda era grande e bela, o jardim muito bem cuidado. Ao tocarem a campainha, foram recebidas pela esposa de Kalazar, que as levou até a sala de atendimento dele. A sala era bem diferente dos outros cômodos da casa, as cores dela eram vibrantes e isso irritava Pan. Ela estava quase desistindo de falar com ele, quando de repente a porta de madeira foi aberta. Um homem velho de bengala, com a vista tão fraca que as lentes dos óculos deveriam ter meio centímetro de espessura, entrou na sala.

Olá, Rainha!

Olá, Kalazar, como tem passado?

Apesar da idade, estou muito bem. Me irrito poucas vezes. E é apenas quando os médicos insistem em me diagnosticar. Eles não acreditam que eu não preciso deles — sorriu. — E vossa alteza como está?

Vou muito bem — disse a Rainha. — Esta é Pan, Kalazar. Ela vai se casar com o príncipe dentro de pouco tempo. Conto com sua presença na cerimônia.

Não haverá — sussurrou Kalazar sem perceber.

O que o senhor disse? — perguntou Pan de súbito. Kalazar olhou sem graça para Pan.

Ele não disse nada, Pan! — respondeu a Rainha, por não compreender a pergunta de Pan. — Eu a trouxe até o senhor, pois ela anda tendo sonhos, mas não consegue se lembrar deles.

Ah! Uma moça tão bonita e jovem não devia ficar se preocupando com sonhos — disse ele, aproximando-se de Pan. — Mas já que você veio, vou te ajudar. Rainha, não se incomode, mas preciso ficar a sós com Pan.

Claro que não.

A Rainha deixou o escritório.

Não tenha medo — disse Kalazar. — Sente-se. Vou te dizer o que deseja.

Pan se sentiu mais aliviada e sentou-se.

EXPERIÊNCIA QUASE VIDA

Como? Diga-me como o senhor pode saber, se eu ainda não te disse nada?

Você sabe o que vai te acontecer, mas sente medo. E é por isso que não consegue se lembrar dos seus sonhos. Você possui uma intuição e faculdade de prever bastante desenvolvidas, você pode sentir quando o mal se aproxima. Sei disso porque consigo enxergar além desta vida.

Não acredito. Você é um charlatão! — disse ela pausadamente. — Isso tudo é mentira — gritou Pan.

Vejo que a senhorita não necessita de minha ajuda — Kalazar abriu a porta. — Por favor, não me faça perder mais tempo.

Ela sabia que não podia sair dali sem antes saber o que ia lhe acontecer, correu até a porta e bateu-a, fechando.

Não. Não, senhor Kalazar, não me mande ir embora, o senhor é a única pessoa que pode me ajudar. Te imploro. Por favor, me diga, o que está para acontecer comigo?

O que tenho para te dizer não é nada agradável, às vezes é melhor o silêncio que a verdade — disse ele, voltando a sentar.

Por favor, seja sincero e me diga o motivo desses sonhos. O que eles querem me dizer?

Ele fitou os olhos azuis dela.

Você não será rainha — afirmou Kalazar secamente.

Ela ficou pálida, pois não queria acreditar nas palavras proferidas por ele.

Sabia — disse ela atormentada. — Lucas não me ama, ele vai me abandonar!

Não — sussurrou Kalazar.

Como não? — perguntou ela confusa. — Ah! Como sou tola. O filho ele não irá abandonar, pois ele ama. Então ele vai me abandonar.

Não, o príncipe não abandonará vocês.

Então serei rainha — afirmou ela. — Amanhã será o dia do meu noivado — disse Pan ainda confusa.

Amanhã será o seu noivado — concluiu ele pensativo.

O senhor é um louco! — sussurrou Pan. — Isso mesmo, um louco! Nem sabe mais o que fala — disse ela irritada.

111

Você é capaz de sentir a vida nascendo dentro de você?

Sim — respondeu ela baixinho.

Em pouco tempo você sentirá a morte ganhando vida dentro de você.

Pan ficou paralisada, lágrimas começaram a rolar involuntariamente em sua face.

A vida é um verdadeiro jogo — continuou Kalazar. — Nós somos jogadores dele. E não importa se somos bons ou maus jogadores, no final todos nós morremos. Mas como desejamos chegar até o fim sem trapacear, optamos por obedecer às regras do jogo. No entanto, não podemos confundir regras com destino. O destino é quando podemos jogar de qualquer forma, respeitando ou não as regras. Pois chegaremos de qualquer maneira no mesmo resultado. No entanto, o destino não existe. Existe o futuro. E quem o constrói somos nós com as nossas regras. Nós possuímos o livre arbítrio para fazermos de nossas vidas o que quisermos. E no jogo da vida, cada vez que agimos, acertando ou errando, estamos construindo o nosso próprio caminho, mas não nos cabe conhecer o que virá. Você poderia ter construído outro percurso, no entanto trilhou este. E neste caminho, o seu jogo já está chegando ao fim. O fim dele é a sua morte.

Você está querendo me enlouquecer! — gritou ela. — Não vou morrer, não fiz nada de errado. O príncipe também morrerá? Afinal de contas nós agimos juntos — disse ela, com dissimulação. — Lucas aceitou vir para esta cidade e fingir ser o Eduardo para matar a Família Real, mas depois que viu que ele era o filho do Rei, ele decidiu entregar os seus cúmplices. E tudo isso ele decidiu sozinho, eu apenas aceitei vir com ele.

O caminho que você traçou é prejudicial a si, porém acaba refletindo em quem a cerca, mas apenas você receberá o prêmio de seu jogo. Não posso falar do príncipe, pois ele não está aqui. O sofrimento da perda também é uma forma de rever as regras do jogo. Talvez não seja ainda o fim do jogo dele, mas o fim do seu pode mudar a forma como ele anda traçando o futuro dele.

Cheeeeeegaaaa... — gritou ela desesperada.

O grito dela foi tão impactante que fez com que a Rainha entrasse. Ao chegar, Pan chorava e sussurrava palavras sem nexo, ao mesmo tempo em que limpava o rosto das lágrimas. A Rainha se aproximou de Pan.

Nunca mais quero ver seu rosto — dizia ela quase gritando para Kalazar. — E quando me tornar rainha, te mando embora desta cidade.

Desculpe, Kalazar — disse a Rainha, sem entender a agitação de Pan. — Estamos de partida, ela está descontrolada, portanto não dê atenção para as blasfêmias dela — disse sem graça. — Ela não é esta pessoa que o senhor está vendo agora, é apenas o nervosismo que a está deixando assim — disse chocada.

Entendo, Rainha — respondeu ele.

Kalazar já estava acostumado com esse tipo de reação, mas apesar de já esperar por ela, quando viu a forma como ela reagiu, sentiu-se culpado. "Não devia ter dito a verdade a ela. Pensando bem, o fato de ela saber ou não, não mudará o seu futuro.", pensou ele. E era esse pensamento que lhe servia de consolo.

Quando a Rainha e Pan retornaram ao palácio, Pan já estava mais calma. No entanto, o olhar dela parecia vazio, ela já não era mais a mesma pessoa.

A Rainha levou Pan para o aposento dela.

Diga-me, querida, o que ele lhe disse?

Pan enxugou as lágrimas em seu rosto, soltou-se dos braços da Rainha e lhe apertou as mãos.

Ele disse que não vou ser rainha — sussurrou Pan.

É impossível! Vocês estão tão apaixonados que fazem até a gente se sentir bem — disse a Rainha inconformada.

Morte! — disse Pan baixinho.

Como assim? O que você quer dizer com isso? — perguntou Cecília, chocada.

Ele disse que vou morrer.

A Rainha sentiu um calafrio. Soltou suas mãos das de Pan, levantou-se assustada.

Não! Isso não vai acontecer! Você é jovem ainda e nada de ruim vai lhe acontecer — disse a Rainha confiante. — Garanto. Preste atenção, querida! Você não pode ficar triste assim. Amanhã é o dia de seu noivado e você tem que estar linda e radiante. Mandarei preparar um banho de essências para você, bem cheiroso. Quando estiver pronto, você irá tomar o seu banho. Depois, te esperarei lá fora, nos jardins, e mandarei preparar um delicioso lanche para nós duas.

Mas a senhora me disse que ele é de confiança... — insistiu Pan.

É. Mas olhe, não se atormente com isso. Deve ser a idade. Ele já está velho e não deve mais estar falando coisa com coisa. Mas pode ter certeza, pelo menos, que estes seus sonhos desaparecerão.

Pan forçou um sorriso e abraçou a Rainha, agradecida.

Obrigada. Eu te amo, Rainha.

Eu também te amo, minha querida.

Pan tomou o seu banho. Em seguida, foi ao encontro da Rainha nos jardins do palácio. Fazia uma bela tarde e ficaram conversando durante a tarde inteira. Pan já estava mais calma.

Capítulo 13

Era chegada a grande hora, a noite do noivado de Pan com o príncipe Lucas. Apesar de terem optado por uma cerimônia familiar, aquela noite representava para Pan toda sua vida. A família dela havia chegado ao palácio. Quando entraram, ficaram encantados. O pai de Pan, quando soube que sua filha iria se casar grávida, não se importou, pois para ele era um privilégio ver sua filha fazendo parte da nobreza.

O príncipe Lucas estava divinamente belo, vestia um doublet negro. Pan usava um vestido de seda vermelho rendado, combinando com joias de rubi e um penteado maravilhoso. Parecia uma deusa da beleza. Lucas e Pan permaneciam juntos, estavam alegres, beijavam-se e se abraçavam, mostrando a todos a alegria daquela noite. Todos estavam no salão dourado. Havia uma orquestra que tocava uma música lenta e alegre. Valsavam alguns casais, entre eles os noivos.

Uma bela jovem acabava de descer de sua carruagem real e chamava a atenção de todos por onde passava. Era de uma beleza encantadora e sublime. Sem sombra de dúvida, a mais linda das mulheres do mundo. Caminhava firme e lentamente, como se estivesse pisando em nuvens. A porta de madeira maciça adornada com ouro foi aberta pelos guardiões reais. Passando pela porta, Hélfs entrou no salão dourado. Vestia um vestido preto de seda com decote, seu olhar era impressionante, os olhos negros como a noite. Tinha uma altura louvável, nem alta e nem baixa. Seu cabelo cacheado e cor de mel era cortado até o ombro e estava solto. A cada movimento dela, o cabelo se movimentava em uma sincronia perfeita. Sua pele morena e macia completava toda a sua beleza. Era uma jovem imponente, sua presença era marcante. Todos no salão a observavam, suas joias provavelmente eram as mais raras e mais caras já usadas por uma mulher.

O Rei e a Rainha foram ao seu encontro.

Meu anjo, há quanto tempo! Estávamos morrendo de saudade — disse a Rainha a abraçando.

Também senti muito a falta de vocês — disse Hélfs, sorrindo delicadamente.

E o seu avô como está, Hélfs? — Perguntou o Rei após abraçá-la.

Bem, você sabe como ele é. A cidade está sofrendo uma grande revolução, mas ele diz que ficará até o fim. Mesmo sentindo muito a falta de vocês, preferia ter ficado ao lado do meu avô, mas ele não aceita — disse ela, com um olhar triste.

Sentimos muito pelo seu noivo — disse o Rei.

Hélfs ficou sem resposta e sem graça. Mordeu os lábios, dando um sorriso triste logo em seguida.

E os noivos, onde estão? — disse ela, tentando mudar de assunto.

Ah, é claro! Venha, minha querida — a Rainha a acompanhou, de braços dados, até a mesa onde estavam os noivos.

Lucas já havia notado a presença da bela mulher e não desviava o seu olhar do dela.

Esta é Hélfs, meu filho. A neta do Duque Baco — disse a Rainha.

És muito bela — disse Lucas, a cumprimentando.

Lucas tocou a mão de Hélfs para beijá-la, mas ela a puxou bruscamente.

Belo noivado — disse Hélfs.

Finalmente conheci a famosa Hélfs! — disse Pan ao ser apresentada para ela.

Não sabia que sou famosa.

Oh, o Rei e a Rainha falam muito de você, dizem que é como uma filha para eles — disse Pan.

Hélfs apenas sorriu. Mas, mesmo nervosa, seu sorriso era o mais lindo do mundo.

Ai, meu Deus! Esqueci de pedir aos guardiões para retirarem as joias da carruagem. Com licença.

Hélfs se retirou do salão.

Não entendi, ela ficou nervosa — disse o Rei.

Realmente — disse a Rainha. — Ela tem passado por muitos problemas. Não se lembra de que Baco nos contou, que ela fugiu do castelo para ir atrás de uma paixão?

As últimas palavras da Rainha deixaram o Rei pensativo, após reparar a hesitação de Lucas.

Lucas ficou atônito, mas sorriu sem motivo. Em seguida deu uma desculpa e saiu calmamente do salão dourado. Passou pelos imensos corredores do palácio, chegando até os jardins. Olhou para todos os lados e, contrariado, refez o caminho de volta para dentro do palácio.

Onde está a jovem princesa da França? — indagou o príncipe aos empregados.

Acabou de entrar no teatro — respondeu um deles.

Lucas andou mais rápido e entrou ainda ofegante no imenso teatro. Olhou para todo o teatro e já ia sair quando de repente viu Hélfs sentada bem próxima do palco. Caminhou até ela.

Disse que ia até a carruagem, o que faz aqui? — disse o príncipe, com um sorriso cretino nos lábios.

Hélfs assustou-se com a presença dele, mas levantou-se em seguida. Lágrimas escorriam em sua face.

Por favor, me deixe sozinha — disse ela friamente.

Lucas a puxou com força como se fosse tomá-la em seus braços.

Você é louco! O que está fazendo? Solte-me! — disse quase gritando. — Tire essas mãos de mim! — disse explodindo.

Não sei como isso aconteceu, mas você vai sair deste palácio — disse Lucas a olhando friamente.

Você é um doente! E me solte! Quem você pensa que é para se referir a mim deste jeito? Você tem noção do que está falando? — concluiu ela, olhando para ele com nojo.

Ele a puxou ainda com mais força e encostou o corpo dela contra o seu, fitando o seu olhar no dela.

Nós dois não podemos ficar aqui. Você não podia ter vindo para cá. Você não podia ter aparecido — dizia enfurecido.

E você é um demente! Não te conheço, não sei quem você é. E se continuar a me dizer essas insanidades e não me soltar, grito por socorro. Não estou aqui por prazer, estou por necessidade. Não sei se você sabe, mas tenho muito mais poder do que pode imaginar, pois sou herdeira de um príncipe, filha de uma Rainha, neta de um Duque, filha de um escravo e herdeira de um Rei louco. Então fale comigo com bastante cuidado. E não me segure deste jeito. Você não sabe do que sou capaz — disse ela, com um jeito tentador.

Te seguro do jeito que quero. Você é minha e está no meu palácio. Sendo assim, mando e você me obedece — disse ele, explodindo.

Lucas segurou-a e a encostou contra a parede. Percorreu sua mão no rosto dela e foi para beijá-la.

Você é um demônio! — disse ela, após morder com força os lábios dele.

Nunca mais faça isso — disse ele, a soltando.

Os lábios dele sangravam um pouco.

Seu cafajeste! Quero que vá para o diabo — gritou, correndo para fora do teatro.

Lucas olhou para ela, que corria aflita. Limpou os lábios, deu um belo sorriso e saiu logo depois.

O noivado foi anunciado. Aos pares, os convidados dirigiam-se para a mesa preparada pelos criados: com toalha de damasco, a baixela de prata disposta sobre ela, candelabros de ouro completavam o arranjo. Em seguida todos se sentavam à mesa, obedecendo a uma rigorosa etiqueta na ocupação dos lugares, bem como na realização da refeição, composta por peixes, vários tipos de carnes assadas e fritas, sobremesas diversas, queijos, frutas e muito vinho. O rigor da etiqueta e a ostentação, que caracterizavam a vida de nobres, podiam ser vistos como tentativa desesperada de manter um modo de vida que desaparecia progressivamente no século XVIII. Lucas percebia isso, via que em vários países da Europa ocorriam revoluções para retirar a monarquia absolutista e criar monarquias constitucionais, nas quais o poder dos reis seria limitado por leis votadas pelo parlamento e em sua maioria controladas pela burguesia. O jantar seguiu, parecia que todos se conheciam há muito tempo. Contavam casos e histórias engraçadas de suas vidas, falavam de viagens, joias e amores.

A orquestra voltou a tocar uma valsa, mas desta vez era algo triste e suave. Os casais voltaram a valsar.

A mais bela das princesas me daria o prazer da dança?

Hélfs sorriu. O irmão de Pan a achou mais linda ainda.

Começaram a valsar no centro do salão.

Lucas olhou para o salão com um olhar frio e de raiva, vendo Hélfs deslizar nos braços de Luis.

A senhora disse, mamãe, que Hélfs era muito próxima de Eduardo quando eram crianças — disse Lucas pensativo.

Sim, eles viviam juntos.

Confirmou a Rainha, incomodada com a lembrança de Eduardo.

Acho que Hélfs não gostou muito de mim.

Deve ser impressão sua.

Só tem uma maneira de saber! Dançarei com ela — disse Lucas cinicamente.

É uma boa ideia, filho! Dance com ela.

Pan odiou a ideia. Lucas deu um sorriso discreto.

Hélfs era incrivelmente bela. Além de tudo, tinha uma beleza natural diferente das mulheres europeias. E isso incomodava Pan, mas, sabendo do carinho que o Rei e a Rainha tinham por ela, achou mais cômodo aceitá-la para não ter de bater de frente com eles.

Luis dançava com Hélfs quando Lucas se aproximou dos dois.

Luis — disse Lucas —, deixe-me dançar com a princesa.

Luis não gostou da maneira como o príncipe o interrompeu, mas para evitar um escândalo no noivado de sua irmã, entregou Hélfs para dançar com ele.

Lucas encostou o seu corpo contra o de Hélfs e começaram a valsar.

Pensei que nunca mais a veria — disse Lucas, plantando verde.

Não me lembro de termos nos conhecido antes — respondeu Hélfs, sem emoção.

Não se lembra de que estudamos juntos na cidade de Florença, na Itália?

Não — disse Hélfs, firmando a voz. — Seu rosto é muito comum.

Lucas sentiu raiva com a resposta dela, ele sabia que seu rosto não era comum, sua beleza era única. Não existia no universo um homem tão belo quanto ele. Todas as mulheres o desejavam e, apesar de ser noivo de Pan, era o amante que todas sonhavam em ter e, de fato, algumas escolhidas o tinham.

Lucas apertou o corpo dela contra o seu.

A vontade dele era de beijá-la naquele momento, mas controlou-se.

Está me machucando — sussurrou Hélfs.

Por que você me ignora? — murmurou o príncipe.

Te odeio. Se fosse assassina, te matava — disse ela.

Como pode me odiar se acaba de dizer que não me conhece? — Lucas sorriu.

Hoje é seu noivado — disse com raiva.

Você é terrivelmente sem graça — sussurrou o príncipe, encostando o seu rosto no da princesa.

Hélfs empurrou Lucas, largou-o no meio do salão. Lucas teve vontade de correr atrás e puxá-la de volta, mas conteve-se, pois Pan e mais alguns convidados reparavam curiosamente a raiva da princesa com ele.

Hélfs começou a caminhar em direção à porta. Todos olhavam para ela, admirados com sua beleza, ela estava radiante. Seus movimentos eram suaves, era de fato uma princesa. Saindo do salão, Hélfs começou a soluçar e chorar desesperadamente. Ao entrar em seu novo aposento, bateu a porta com força, rasgou o vestido em seu próprio corpo, correu para a banheira, esfregava a sua pele com repulsa, parecia que tentava retirar dela alguma nódoa que nem ela conseguia enxergar. Por um instante, parou de chorar e de se esfregar, saiu da banheira, caminhou nua até o armário, pegou uma camisola branca, vestiu-a. Foi até a penteadeira, penteou o cabelo, olhou-se no espelho, seu olhar era de fúria.

— Que diabo! Eu o odeio! — gritou, jogando alguns frascos de cristal com perfume no chão. — Eu o odeio!

Hélfs ajoelhou-se no chão. Chorou de ódio.

A noite feliz havia chegado ao fim. A família de Pan voltou para a Inglaterra, esperavam agora pelo casamento. Faltavam vinte dias para a grande cerimônia.

Na manhã seguinte, a Rainha tentou aproximar Hélfs de Lucas e Pan. Na frente de todos, Hélfs e Lucas tratavam-se com cortesia, falavam o mínimo necessário. Quando estavam a sós, fingiam que não se conheciam. Porém, Lucas não conseguia controlar-se e quase sempre olhava fixamente Hélfs. Os olhares dos dois se cruzavam. Lucas olhava para os olhos negros e doces de Hélfs e ela olhava para os olhos verdes e perigosos do príncipe. Quando se davam conta dos olhares, desviavam bruscamente, fingindo que nada acontecia. Ninguém percebia a tensão entre os dois, parecia tudo muito normal. Mas Lucas estava cada dia menos apaixonado por Pan.

Capítulo 14

Estava entardecendo na cidade. A Família Real saiu para ir a um chá das cinco na mansão de um burguês importante, que ia recebê-los. Hélfs foi junto. Pan odiava esses encontros, preferiu ficar no palácio.

Pan os acompanhou até a porta e, quando eles deixaram os portões do palácio, ela acenou para Lucas. Minutos depois Pan já estava em seu aposento.

Toc toc.

Pode entrar, a porta está aberta — disse Pan.

O seu chá, senhorita. Trouxe bolos e torradas para acompanhar — disse o mordomo, colocando a bandeja sobre a mesa de centro do aposento.

Pan reparava o mordomo enquanto ele a servia. Era um moço jovem, forte, alto, moreno, com um belo sorriso. "É interessante", pensou ela.

Pode se retirar — disse ela.

O mordomo caminhou em direção à porta.

Ei! — murmurou Pan. — Volte aqui! — disse, observando o mordomo.

Desculpe, senhorita — disse o mordomo voltando ao quarto —, esqueci de alguma coisa?

Esqueceu, seu incompetente! Tranque a porta! — ordenou ela.

O mordomo pegou as chaves e foi para trancar a porta por fora.

Seu imbecil! — disse ela. — É para você continuar aqui dentro e trancar a porta.

Desculpe-me, senhorita — disse o mordomo, retornando ao quarto e fazendo o que ela lhe ordenou.

Pan olhou para ele de cima para baixo.

Tire sua calça.

O mordomo começou a suar e não a obedeceu.

Se você não tirar — disse ela aproximando-se dele —, eu tiro — sussurrou provocante.

"Cuidado, ela é louca!", pensava o mordomo sem reação. Começou a suar novamente quando sentiu que ela estava abrindo sua calça.

O mordomo ficou excitado ao sentir os dedos de Pan acariciando suas coxas internas e depois suas nádegas. "É uma vagabunda!", pensou ele, enquanto o volume entre suas pernas se expandia.

Pan puxou o braço esquerdo do mordomo e levou a mão dele para debaixo do seu vestido, forçando-a entre suas pernas com força.

Anda, seu idiota! — gemeu ela.

O mordomo tomou o corpo de Pan, começando a beijá-la e acariciá-la insanamente.

Você é uma delícia, delícia... — gritava e gemia ela, forçando o corpo dele contra o seu, deleitando-se sobre o corpo musculoso e suado dele, enquanto ele entrava e saia de dentro dela.

Ao anoitecer, a Família Real retornou ao palácio. Lucas estava exausto e foi direto para seu quarto.

Quero que mande esse mordomo embora.

A primeira frase que Lucas ouviu de Pan assim que botou os pés no aposento.

Claro, Pan — disse ele com ironia. — Este já é o terceiro mordomo que você pede para despedir em apenas um mês.

O que você está querendo insinuar, Lucas? — perguntou ela, temendo a resposta.

Não sou idiota — ele fitou-a. — Você quer que ele seja despedido, pois manteve relação íntima com ele.

Eu não fiz nada disso! — rugiu ela. — Não sou como você, que vive me traindo com essas suas amantes vagabundas. Há quanto tempo você não me procura como mulher? — disse enfurecida.

Nunca cobrei fidelidade — disse ele —, porque não te amo. Mas preste bem atenção — ele a segurou pelos braços —, você está esperando um filho meu e é melhor você respeitar isso. Amo meu filho e não vou permitir essa putaria com ele ainda dentro de seu ventre. Quando você der à luz o meu filho, pode praticar até orgia, que eu não darei a mínima. E procure um bom amante, porque eu não sinto mais desejo nenhum por você.

EXPERIÊNCIA QUASE VIDA

Você não tem o direito de se referir a mim dessa maneira — disse ela, soluçando.

Tenho nojo de você, Pan. Você é patética — disse, soltando os braços dela.

Lucas entrou no banheiro deixando Pan chorando no quarto. Bateu a porta e foi tomar o seu banho.

Na manhã seguinte, faltavam exatamente 15 dias para o casamento do príncipe com Pan. Lucas acordou mais tarde. O Rei e a Rainha foram para um passeio no campo e Pan experimentava o seu vestido de noiva.

Lucas foi até a sala para tomar seu desjejum, Hélfs estava sentada à mesa. Lucas sentou como se ela não estivesse ali e Hélfs reagiu da mesma maneira. O silêncio predominava na sala. Era entediante observar os dois sentados.

Trac trac.

Hélfs deixou sua xícara de chá cair no chão.

Droga! — disse ela, nervosa. — Está vendo o que você acabou de fazer? — disse, mal-humorada.

Princesinha sem trono, você é louca mesmo — disse Lucas, balançando a cabeça em sentido negativo. — Você deixou a xícara cair e eu sou o culpado?

Ele fixou o seu olhar no dela.

Ela se levantou, aproximando-se dele irritada.

Olha só, não aguento mais. Sua noiva está grávida e você vai se casar com ela dentro de pouco tempo – disse, chamando a atenção dele. — Você é um canalha que trai sua noiva, mas não pense que conseguirá alguma coisa comigo, que não vai, não — ela estava descontrolada. — Não fique me olhando deste jeito — gritou. — Não aguento mais. Pare de me olhar! — disse irritada.

É impossível parar de te olhar — disse ele mais próximo dela. — Você me atrai. Quando você está nervosa fica ainda mais linda — sussurrou, sorrindo.

Hélfs pegou um copo com leite para derramar sobre o rosto dele.

Não faça isso — disse ele segurando os braços dela. — Se você me sujar, vai ter que limpar — disse ele.

Me solte, seu cretino. Eu te odeio — disse ela, tentando se soltar.

Tanto ódio assim só deve ser amor — afirmou ele, soltando o braço dela.

123

Lucas retirou o copo da mão de Hélfs e o colocou sobre a mesa.

Eu, te amar? — Hélfs passou a mão no cabelo. — Impossível! Ninguém pode te amar. Você é um mau caráter. E acha que eu não pude perceber ontem como a mulher daquele burguês te olhou, e depois vocês desapareceram por algumas horas?

Olha só, princesa, não devo satisfação da minha vida para ninguém, muito menos para você, que não representa nada para mim.

Hélfs o olhou com ódio.

E tem mais — continuou ele. — É bom você parar de ficar me perseguindo — disse ele secamente.

Hélfs sorriu sarcasticamente.

Era o que faltava. Eu, te perseguindo? Você é quem me persegue. Onde estou, você aparece. Suma da minha vida! — gritou ela, pausadamente.

Lucas puxou o corpo dela contra o seu e a beijou ardentemente. Ela tentou se debater contra ele, mas acabou se entregando facilmente. Era intensa a atração física entre os dois.

Após alguns minutos, ele a largou.

Sabe de uma coisa? — disse ele, sorrindo. — Acho que você é virgem — disse, a devorando com os olhos.

Ela pareceu chocada, Lucas mal conteve a risada.

Não seja ridículo, eu tenho é nojo de você! — disse ela.

Hélfs saiu correndo da sala. Saiu tão depressa que Lucas caiu na gargalhada.

Mas quando parou de rir, percebeu que desejava Hélfs mais do que qualquer outra coisa no mundo.

Capítulo 15

Lucas, venha até o escritório — disse o Rei aflito.

Pois não, pai — o príncipe entrou e fechou a porta.

O Duque Baco foi brutalmente assassinado — disse o Rei, emocionado.

O avô de Hélfs? — disse Lucas, chocado.

Sim — respondeu o Rei. — Ele não conseguiu conter a revolução e não quis abdicar o trono. Baco foi decapitado em praça pública.

Meu Deus! Eu já esperava por isso — disse Lucas, tentando raciocinar. — Hélfs vai sofrer muito.

Meu filho, o pior é saber como vou dar essa notícia a ela. Ela não pode voltar ao seu país, pois, se voltar, a matarão também.

Pai, não sou a melhor pessoa para dar essa notícia à Hélfs.

Tem razão, meu filho. Farei isso.

Não, não pode ser! Fala, Cecília. Fala para mim que é mentira. Diz que ele está voltando para me buscar — gritava Hélfs loucamente.

Hélfs chorava feito uma criança. Lucas assistia a tudo. Sua vontade era de tomá-la em seus braços e protegê-la, porém, não podia se aproximar dela.

Agora estou sozinha — soluçou. — Não tenho mais o meu avô. Eu o amava tanto... Como pode ser? Eu nem estava lá para defendê-lo. Isso foi tão covarde. E a dor? — gritou, histérica. — Imaginem a dor que meu avô sentiu — disse ela, contorcendo o rosto e o tapando com as mãos. — Vô, volta para mim! — gritava ela quase implorando. — Você não pode me deixar sozinha! — soluçou.

Hélfs estava completamente descontrolada, ela amava muito o seu avô. Para ela, ele era como o seu pai, o pai que ela nunca conheceu. E ela o imaginava como um homem forte, que nunca morreria.

Cecília — disse Hélfs —, eu sou culpada por tudo. Meu avô sempre esteve do meu lado, nunca me deixou sozinha. E, no momento em que ele mais precisou de mim, eu não estava com ele.

Rainha Cecília abraçou Hélfs como se ela fosse sua filha e chorou junto com ela.

Meu anjo — disse a Rainha, acariciando o rosto de Hélfs —, talvez tenha sido melhor assim. Se você estivesse naquela cidade, eles a matariam. Você não está sozinha. Para mim e para o Rei, você é a filha que não pudemos ter. Nós te amamos — disse, beijando novamente o belo rosto triste de Hélfs.

Quero ver o corpo de meu avô pela última vez — disse Hélfs, limpando as lágrimas do seu rosto.

Não pode ir — hesitou Lucas.

Quem você pensa que é para me dizer o que posso fazer? – gritou Hélfs, descontrolada.

Lucas se conteve.

Hélfs — disse o Rei, a abraçando —, fique calma. Lucas tem razão. Você não pode entrar novamente em seu país, pois, se entrar, correrá risco de morte. Nós cuidaremos de sua segurança. Por eu e Cecília a termos como nossa filha, te proibimos de sair desta cidade.

Hélfs chorou durante muito tempo, mas sabia que nada que fizesse traria o seu avô de volta. Apesar de toda a dor e sofrimento, ela teria que aprender a conviver e controlar esses sentimentos.

Com o passar dos dias, Lucas assistiu de perto o sofrimento de Hélfs. Tentava se aproximar dela, mas era inútil. Nem o maltratar mais ela se dava ao trabalho, apenas o ignorava. E isso doía mais ainda no príncipe, que a amava com toda a intensidade de sua alma.

Precisamos adiar a data de nosso casamento.

Como assim? Você está perturbado? — disse Pan, assustada.

Você não vê o sofrimento de Hélfs? — disse Lucas. — Como podemos nos casar com tudo isso que está ocorrendo em nossa volta?

Olha só, Lucas. Você não brinca comigo! — rugiu ela. — Esta imbecil entrou nessa casa e eu nem a conhecia. Não vou abrir mão deste casamento

EXPERIÊNCIA QUASE VIDA

por culpa dela. E para falar a verdade, não suporto essa princesinha falida, ela é cheia de não me toques. Parece mais uma menina mimada e malcriada, não gosto dela. Escutou? — disse ela, passando o olhar em Lucas. — E nem pense que vou abrir mão da minha grande cerimônia por causa dela, quero mais é que ela morra. Bem que ela devia ter morrido junto com o velho — disse sorrindo. — E se você estiver arrumando essa desculpa para não se casar comigo e deixar de cumprir o nosso trato, eu te mato, te mato — repetiu ela pausadamente. — Escutou bem? Mando o meu pai te matar. E não olhe para mim com este olhar de que não entendeu o recado, você me conhece e sabe bem do que sou capaz — ela se descontrolou e tentou dar um soco no rosto dele.

O príncipe segurou com força o pulso de Pan.

Você não me faça ameaças, pois não sou desses homens com os quais você está acostumada a dar ordens — disse ele a sacudindo. — Apenas me casarei com você por ser a filha de Nômades e, é claro, por estar esperando um filho meu.

Lucas soltou o pulso de Pan, que enfurecida desferiu contra ele dois tapas no rosto.

Ele a fitou furioso.

Isso vai doer muito mais em você do que em mim — disse o príncipe, com o rosto contorcido de raiva.

Você não me engana — gritou ela. — Ou acha que não percebo que você está caidinho de amor por aquela vaca? Mas bem-feito, ela tem nojo de você, ela te odeia — sorriu sarcasticamente. — Seu desgraçado! — gritou novamente vendo-o se retirar do aposento.

Amanheceu um novo dia.

Bom dia, meu amor — sussurrou Pan, acordando o príncipe.

Já disse para não me chamar assim — murmurou Lucas. – Não amo você. Nunca amei — esbravejou. — Não quero acordar cedo hoje. Desapareça da minha frente e me deixe em paz.

Sabe de uma coisa? — disse Pan. — Você é muito injusto — resmungou. — Vim apenas te lembrar que amanhã é nosso casamento e você não pode ficar aí dormindo até tarde, fingindo que nada está acontecendo.

Amanhã, Pan, seria um excelente dia se eu apenas fosse coroado Rei e não tivesse que ter você como minha Rainha. Portanto, ficarei muito feliz se você me deixar aproveitar as poucas horas que ainda me restam de prazer.

Cada dia que passa, desconheço cada vez mais você, Lucas Di Filipo! — sorriu. — Antes, o seu sonho era este dia que viveremos amanhã, o poder era tudo que você sempre desejou. E agora — disse ela abrindo os braços — você nem liga para esta glória. Sinceramente, sinto pena de você. Mas pode continuar dormindo, ainda tenho competência para dar os passos importantes que me levarão aonde sempre quis chegar. E se você não está feliz, meu bem, com o que desejou... Não se desespere, pois estou amando.

Estou.

Ela saiu batendo a porta com muita fúria.

Com a saída de Pan, o príncipe se levantou e foi direto tomar o seu banho. Ao terminar, parou em frente ao enorme espelho de diamante e olhou sua imagem refletida nele. Neste momento sua vida inteira, em frações de segundos, passou por sua memória. A lembrança de sua ganância pelo poder, a morte de sua amada mãe naquela noite gelada em seu colo e o grande amor da sua vida, que ele preferiu jogar fora para lutar pela glória. "Cumpri o meu destino", pensou ele. "Amanhã serei Rei. A partir de amanhã serei o poder", sorriu para sua própria imagem refletida no espelho com ar de satisfação e de quem sabe o que quer.

Lucas preparou-se para galopar, ele adorava fazer isso em algumas manhãs. Ao amanhecer, pegava um de seus cavalos e se deixava levar pelo campo, só retornando ao palácio ao entardecer. Ao avistar o campo, pôde reparar a presença de Hélfs no local, mas não se importou com isso e caminhou até ela.

— Você tem medo? — perguntou Lucas a Hélfs, ao se aproximar dela e vê-la olhando para os cavalos.

Silêncio.

"Como sou tolo, ela nunca vai falar comigo. Não sei por que ainda insisto", pensou Lucas, enquanto os empregados retiravam um dos seus cavalos.

Não tenho medo de nada — disse ela baixinho.

Uau! — exclamou ele empolgado. — Fizemos um grande progresso, você voltou a me responder, pelo menos.

Lucas montou em seu cavalo.

Me ensina a andar a cavalo?

Por que devo ensiná-la? — perguntou ele.

EXPERIÊNCIA QUASE VIDA

Porque sempre quis montar.

Não acredito que seja uma boa ideia, uma donzela não deve sair por aí galopando pelo campo. Quando a princesinha desejar passear, a senhorita tem um aparato. Basta chamar um empregado e ir de charrete. E olha que maravilhoso, será escoltada por guardiões e ninguém irá atormentar a donzela.

Você não me conhece, Lucas. Não sou essa boneca de porcelana que você imagina. E se você realmente quer saber, nem virgem sou mais — a frase soou como se fosse uma doença. — Tive muitos amantes — disse Hélfs com um olhar curioso para Lucas.

Ai... Ai... — murmurou ele incrédulo, sorrindo e balançando o rosto.

É sério, tive mais de nove amantes. Já contei — disse Hélfs, como uma jovem imatura.

Está bem, vou te ensinar. Mas primeiro você tem que montar comigo.

Não, ao seu lado não — disse Hélfs, desistindo da ideia.

É isso ou nada.

Tudo bem, aceito — disse contrariada.

Tem outra coisa. Vestido não é uma roupa apropriada para andar a cavalo — disse Lucas, apontando para a roupa dela.

Da próxima vez você me empresta uma de suas calças de presilha? — perguntou ela, sorrindo.

Ele a achou ainda mais linda. Lucas retirou um dos cavalos negros puro sangue.

Meu Deus! — exclamou Hélfs. — É lindo!

Eu sei, obrigado.

Bobo, falei do cavalo.

Engraçado — disse ele, olhando para ela —, tive a certeza de que era para mim o elogio, afinal de contas o seu olhar estava fixado no meu.

Hélfs ficou sem graça. Com a ajuda de Lucas montou no cavalo.

Me aperte ou senão pode cair.

Está bom assim? — perguntou, abraçando o abdômen rígido dele.

Não. Pode apertar mais — disse Lucas, apertando os braços dela em seu corpo. — Você está tremendo, Hélfs! — exclamou ele.

Se continuar falando sobre o que sinto, eu pulo deste cavalo — gritou Hélfs sorrindo.

Lucas e Hélfs passearam por todo o campo. Já estava tarde, mas Lucas não pretendia voltar para o palácio tão cedo. Ele nunca esteve tão perto de Hélfs e não ia perder esta chance. "Vai ser um dia inesquecível!", pensou o príncipe, galopando em direção a um maravilhoso bosque paradisíaco com um lago de águas cristalinas. Ele parou o cavalo.

Vamos parar por um tempo, pois estou cansado — disse Lucas, descendo e retirando Hélfs do cavalo.

Meu Deus! — disse ela, ofegante. — O cavalo é quem deveria estar cansado, não você — sussurrou ela, com um sorriso delicioso no rosto.

Você é incrível! Quando estou com você me sinto o homem mais feliz do mundo! Você me completa — disse Lucas, acariciando o rosto de Hélfs com a mão direita.

Não diga bobagens — Hélfs afastou-se de Lucas. — Veja, que lindo este lago! — disse, aproximando-se da margem.

Não acredito que você não sinta o mesmo por mim — disse Lucas, aproximando-se novamente de Hélfs. — Você suspira quando está perto de mim.

Mentira! — gritou, furiosa.

Está bem, não vamos brigar agora — disse Lucas, tentando acalmá-la. — Mas me responda apenas uma coisa. Você se lembra de mim, não é?

Lembro — respondeu Hélfs baixinho, após alguns segundos. — Não só lembro como fiquei te esperando em Florença — os olhos dela encheram de lágrimas.

Lucas ficou tenso.

Apenas respondia às cartas por saber que era você quem as escrevia — continuou ela. — Te amei desde a primeira vez que te vi. E fugi para me encontrar com você. Mas você me largou. Jurei me vingar de você. Senti muito ódio de tudo o que você me fez passar. E pensei que nunca mais te veria.

Hélfs não conseguia dizer mais nada, seu rosto estava triste.

Lágrimas escorriam em sua face.

Eu te amo, Hélfs, te amo — disse Lucas, abraçando-a.

Não precisa mentir — disse Hélfs, o empurrando. — Vamos embora — disse ela, andando.

Não estou mentindo. Eu te amo! — gritou Lucas.

EXPERIÊNCIA QUASE VIDA

Não precisaria gritar tão alto que me ama se seus atos falassem mais alto.

O príncipe a puxou.

Não vou lutar contra o que estou sentindo por você — disse Lucas, a segurando. — Esperei muito tempo por este momento. — Lucas beijou Hélfs.

Lucas olhou para os olhos de Hélfs passando a mão sobre seu cabelo. Ela tremia. Deitou-a sobre o campo. Ele sonhou com isso durante muito tempo, agora ele podia sentir o calor do corpo dela. Beijaram-se longamente. Lucas começou a desabotoar o vestido de Hélfs.

Não! — murmurou Hélfs. — Isto é errado... — afastou-se dele. — Completamente errado.

Não compreendo você! Nós nos amamos!

O que o amor tem a ver com isso? — disse ela, levantando-se. — Amanhã você estará casado. Leve-me embora, quero ir embora daqui.

Lucas levantou e fez o que Hélfs lhe pediu. Voltaram ao palácio.

Hélfs subiu correndo para seu quarto. O príncipe estava feliz, pois sabia que ela o amava na mesma intensidade que ele a amava. "Ela é extremamente linda, mas também é louca na mesma proporção", pensou Lucas, sorrindo e vendo o desespero dela ao subir correndo a escadaria para seu quarto.

Senhor, o jantar já está sendo servido — disse um dos mordomos ao príncipe.

Lucas foi para a sala de jantar, onde o Rei, a Rainha e Pan já o esperavam. O mordomo puxou uma das cadeiras, o príncipe se sentou à mesa.

Oh, Lucas, meu querido! Por onde esteve esse tempo todo? — perguntou a Rainha.

Estava andando a cavalo — disse tranquilamente.

Está vendo, Rainha, como o seu filho é desligado? Ao invés de se preparar para o nosso casamento, estava galopando por aí — Pan estava à flor da pele.

Não briguem, meus queridos, pois amanhã será o grande dia de vocês — disse a Rainha.

Não estamos brigando, mãe, somos o casal mais apaixonado! Somos incapazes de brigar.

131

Que bom — disse o Rei, passando o seu olhar sobre os dois friamente. — Agora podemos ter um jantar tranquilo? Chame Hélfs para jantar — ordenou o Rei ao mordomo.

O mordomo voltou dizendo que ela não jantaria, pois estava sem apetite.

Lucas estava feliz como nunca.

Vejo que está feliz, meu filho — observou a Rainha.

Claro, é o amor!

Pan olhou para Lucas enfurecida. "Só pode ser aquela vaquinha, ele deve ter conseguido. Afinal de contas, ela é tonta, mas não a ponto de esnobar Lucas. Ele é lindo como o diabo", pensava Pan, mal-humorada.

As pessoas mais influentes do mundo assistirão ao nosso casamento amanhã, meu amor... — disse Pan, intensificando a última palavra.

Ela tentou irritar Lucas, pois sabia que ele odiava quando ela se referia a ele dessa maneira, mas, naquele momento, não funcionou. Lucas não deu a mínima, nem se deu ao trabalho de responder Pan. Ele só conseguia se imaginar fazendo amor com Hélfs.

Começou a chover forte e um raio passou em uma das taças de cristal que estava sobre a mesa, partindo-a em pedaços. Todos se assustaram. Raios jamais haviam atingido o palácio.

Nunca vi chover aqui nesta época do ano — disse o Rei, preocupado.

Só falta atrapalhar o meu casamento amanhã — disse Pan, aflita.

Nada pode estragar o casamento de vocês — disse a Rainha. — Estamos no outono, amanhã será um lindo dia — sorriu, tentando acalmar Pan.

Pan percebeu que o príncipe olhava para ela como se estivesse gostando daquela tempestade e que, se fosse possível, desejava que a chuva estragasse o seu casamento com ela.

Levantou-se exausta, um pouco descontrolada.

A culpa de tudo isso é sua — gritou Pan, apontando para Lucas. — Mas se você acha que vai conseguir me enlouquecer está muito enganado!

Pan gritou para o mordomo e mandou que ele subisse com sua sobremesa. Retirou-se da sala.

Lucas deu um sorriso de satisfação

O Rei e a Rainha ficaram perplexos com a cena que acabaram de presenciar.

O que há com ela? — perguntou a Rainha, atônita.

Não sei — disse Lucas.

O jantar chegou ao fim. A Rainha foi para o aposento real. O Rei foi até o seu escritório, pois um dos guardiões desejava falar com ele. O príncipe pensou em ir até o quarto de Hélfs, mas conteve-se, era muito arriscado. Resolveu então ir até o escritório onde o Rei estava.

Quando o príncipe entrou, um dos guardiões acabava de sair do local. Percebeu que o Rei estava nervoso.

Onde estão a Rainha e Pan? — perguntou o Rei secamente ao príncipe.

Elas já estão dormindo — disse Lucas, sem entender a fisionomia do Rei.

O que está acontecendo?

Um dos empregados acaba de me dizer que Hélfs saiu há umas três horas, a cavalo, em direção ao norte, e ainda não voltou. — disse o Rei preocupado. — Mandei que os guardiões fossem atrás dela — fez uma pausa —, estou temendo o pior. Com esta tempestade lá fora, ela está correndo perigo!

Mas que diabo! — engoliu o príncipe em seco. — Vou atrás dela.

Lucas sentiu o sangue gelar nas veias e saiu em passos rápidos do escritório. O Rei o acompanhou até a porta.

A cavalaria já está procurando por ela, você não vai conseguir encontrá-la. Ainda mais nesta chuva — disse o Rei.

Eu vou, pai.

Amanhã será o seu casamento — gritou o Rei.

Apenas me caso se eu voltar com Hélfs salva — disse Lucas secamente.

"Diabos, é o que pensei. Hélfs é a jovem por quem ele esteve apaixonado", pensou o Rei, contrariado por ver seu filho deixando o palácio em meio à tempestade.

Capítulo 16

A noite está sombria, a tempestade não passa, o barulho da chuva é ensurdecedor, raios cortam o céu, não é possível ver qualquer sinal de vida no meio deste campo. Lucas já está procurando por Hélfs há horas e não tem nenhum sinal de onde ela possa estar. Desesperado, grita o nome de Hélfs, mas sente que é impossível encontrá-la. Lucas não encontrou sequer a cavalaria real. Está perdido, sem saber para onde ir.

Hélfs! Hélfs! Hélfs! — gritava o príncipe desesperado.

"Não posso perdê-la, não tire ela de mim, nãoooo...", era a única coisa que o príncipe conseguia pensar enquanto galopava em seu cavalo, estava completamente transtornado. Seu rosto era de medo. Medo era o que, pela primeira vez em sua vida, ele sentia. Naquele momento se via quem realmente era o príncipe, atrás de toda aquela imponência, o seu desejo pelo poder, a imagem de um homem forte, belo e viril, escondia-se um homem que era capaz de sofrer a dor inevitável da perda. Era essa perda que estampava o medo no rosto de Lucas. Medo de perder a única mulher que ele foi capaz de amar.

No meio da escuridão infernal e da água escorrendo no rosto de Lucas, os olhos dele pareciam espelhos d'água. Era um olhar de desespero e amor acima de tudo. O rosto de Hélfs vinha a todo o momento na mente de Lucas.

— Socorrooo... — gritava Hélfs desesperada e com medo. Lucas, quando a avistou correndo em sua direção, pegou-a no colo e a colocou em seu cavalo. Ficou tão feliz em vê-la de novo que suspirou aliviado.

Eles já estavam muito distantes do palácio, a tempestade vinha cada vez mais forte. Foi quando o príncipe avistou uma velha cabana e decidiu parar para pedir abrigo, pois a tempestade piorava. Era impossível voltarem ao palácio nesta noite sem lhes acontecer alguma tragédia.

Lucas desceu do cavalo, retirando Hélfs. Aproximaram-se da cabana.

Abram — gritava o príncipe batendo com força na porta.

Ninguém respondia.

Pou, pou — Lucas bateu o seu corpo contra a porta, para jogá-la no chão. — Pou — uma pancada mais forte e a porta caiu.

A cabana, para Lucas, não era surpresa. Quando estava à procura de Hélfs, passou por ela e prometeu a si mesmo que, se a encontrasse, a levaria para lá e a teria em seus braços.Obrigada! — disse Hélfs a Lucas, ainda tremendo de frio ao entrar na casa.

Fique aqui, vou procurar velas para iluminar a casa.

Lucas deixou Hélfs na sala.

Hélfs — disse o príncipe aproximando-se dela —, encontrei velas e as acendi em um quarto. Venha comigo, vamos para lá.

Lucas a pegou no colo, subindo com ela a pequena escada que dava para o segundo andar, onde ficava o quarto. Lucas suspirou aliviado, entrando no quarto com Hélfs ainda em seu colo.

Não, não — disse Hélfs. — Não me coloque na cama. Pode me deixar no chão, aguento ficar em pé — murmurou suavemente quando Lucas ia colocá-la na cama.

Lucas fez o que ela lhe pediu e os dois ficaram frente a frente. O olhar dele parou no de Hélfs.

Você está machucada? — perguntou Lucas, percorrendo sua mão esquerda no belo rosto de Hélfs. A respiração de Lucas era forte e profunda. Hélfs estava tão próxima dele que sentia sua respiração.

Não — respondeu. — Apenas me arranhei um pouco — disse ela, passando sua mão com carinho sobre a de Lucas, que ainda acariciava o seu rosto. "Controle as suas emoções", pensou Hélfs.

Lucas aproximou-se mais dela.

Estou sentindo frio — disse Hélfs, afastando-se dele subitamente.

Te aqueço com o meu corpo — disse Lucas.

Hélfs sorriu.

Acho que não será suficiente — disse com firmeza.

Você tem razão, uma vez tentei aquecer alguém com meu corpo — Lucas fez uma pausa —, mas não deu muito certo, ela morreu — ficou sério.

Deixa de ser bobo. Não fale besteiras.

EXPERIÊNCIA QUASE VIDA

Adoro quando você me chama de bobo — disse Lucas, a observando —, mas é verdade.

Não acredito — disse Hélfs, o provocando.

Foi minha mãe.

Desculpe! Sinto muito — Hélfs estremeceu.

Não precisa sentir. Esta casa tem dono, não está abandonada. Os moradores devem estar viajando.

Vou olhar nos armários se têm roupas para vestirmos, pois as nossas estão encharcadas.

Hélfs abriu um velho baú, nele encontrou toalhas e roupas limpas.

A água na banheira está gelada, mas preciso tomar um banho, meu corpo está cheio de lama — disse Hélfs, pegando uma toalha e caminhando em direção a um pequeno banheiro. Enquanto Hélfs tomava banho, Lucas foi até a cozinha para procurar por alimento. Encontrou algumas frutas, pegou-as e levou-as para o quarto.

Dizem que o inferno é quente, mas essa água é o inferno gelado — disse Hélfs, ainda tremendo ao sair do banheiro.

Bem, então é melhor eu ir logo para o inferno — Lucas sorriu. — Tem frutas, encontrei na cozinha — disse, saindo do quarto e indo para o banheiro.

A roupa que Hélfs vestia não era o tipo de roupa que estava acostumada, afinal, a cabana era de um camponês, mas eram bem cuidadas e cheirosas. Havia apenas roupas masculinas, o que a levou a concluir que morava apenas um homem naquele local.

Lucas saiu do banho, voltou ao quarto e deparou-se com Hélfs ainda acordada e em pé, olhando da janela a tempestade caindo lá fora. Ela não reparou a presença dele, estava com o olhar fixo naquele temporal. "Como ela é linda!", pensou Lucas a olhando.

Hélfs estava vestida com um blusão de pano creme, que estava imenso em seu corpo e batia até as suas coxas, deixando metade de suas pernas à mostra. O seu cabelo cor de mel estava solto e encobria um pouco o seu rosto.

Os olhos verdes de Lucas eram penetrantes e olhavam fixamente para Hélfs.

Hélfs virou de repente.

Que susto! — disse ela.

Não queria te assustar — disse Lucas. — É que você estava tão distante olhando a chuva que não quis atrapalhar seus pensamentos.

Lucas olhou para Hélfs, os olhares dos dois se cruzaram. Silêncio. Os dois se olhavam fixamente.

A princesinha me deve uma explicação — disse Lucas quebrando o silêncio. — Ou acha que me esqueci de tudo que me fez passar? Coloquei a minha vida em risco para vir atrás de você. Meu pai ficou transtornado com a sua fuga e colocou todos os guardiões à sua procura no meio desta tempestade — disse mal-humorado. — Você tem noção de que alguém pode sofrer com essa sua infantilidade?

Hélfs franziu a sobrancelha.

Agradeço por você ter me salvado, mas não te devo explicação alguma sobre meus atos — Hélfs olhou para ele com desprezo. — E tem mais, quem você pensa que é para me acusar? E você tem noção de que alguém pode sofrer também com sua infantilidade? — Hélfs fitou Lucas.

Lucas desviou o seu olhar do dela, contraiu o maxilar, cruzou os braços e voltou o seu olhar para ela com arrogância.

Sinto muito se te magoei tanto, mas não tenho culpa por você ser capaz de se iludir facilmente por um homem — Lucas a olhou cinicamente. — Nenhuma princesa normal fugiria de seu castelo para se encontrar com um homem que ela sequer sabia o nome ao certo.

Hélfs o olhou com fúria.

Vá para o inferno! — Explodiu ela e com os punhos fechados debatia-se contra Lucas. — Te odeio, você é um verme miserável! Seu canalha, cretino! — gritava, ainda descontrolada, debatendo-se contra ele.

Pare com essa histeria agora! — disse Lucas, secamente a mobilizando.

Solte o meu braço! — gritou Hélfs. — Você está me machucando.

Ela o olhou com repulsa.

Vou te soltar — disse Lucas, puxando o corpo de Hélfs para perto dele. — Mas você é quem vai ter que pedir de novo.

Lucas a beijou com toda intensidade.

Hélfs, por alguns segundos, debatia-se contra ele, mas não durou por muito tempo.

Lucas retirou a blusa de Hélfs. Ela o desejava com uma necessidade aterradora. Lucas sentiu sobre o seu corpo a pele macia e perfumada de

Hélfs. "Ela é perfeita", pensou. Ele a fez deitar na cama, ela tremeu de leve ao sentir o corpo dele sobre o seu. Lucas acariciava todo o corpo de Hélfs.

Você é minha — sussurrou Lucas, sorrindo como quem acaba de ganhar o seu maior prêmio.

Hélfs perdeu todo o medo que sentia e se entregou completamente.

Oh, meu Deus! — disse ela, ofegante, enquanto ele penetrava em seu corpo e rompia o seu hímen. — Eu amo você, Lucas... — sussurrou.

Eles permaneceram abraçados.

Queria que esta noite fosse eterna — disse Lucas, acariciando o rosto de Hélfs.

Já é eterna, nunca me esquecerei — disse Hélfs.

Nem a morte me faria esquecer, amo-a mais que tudo — disse Lucas.

Hélfs o reparou por alguns instantes em silêncio.

O que houve?

Eu te amo, mas te odiei na mesma intensidade. Tinha raiva de você. A raiva que eu sentia era por você ter me deixado e tudo o que você fez de errado — Hélfs jogou o seu cabelo para trás e olhou dentro dos olhos dele. — Continuo sentindo raiva de você, mas a diferença é que sinto raiva pelos planos que sonhei e que nunca vou poder viver a seu lado.

Não estou disposto a te perder — disse Lucas. — Não vou me casar com Pan.

Não adianta, Lucas, nós dois, não tem mais jeito. Pan vai lhe dar um filho.

E daí? Eu vou cuidar dele, mas não me casarei com Pan! – exclamou Lucas, mal-humorado.

Não vai ser a mesma coisa, não quero ser a outra em sua vida. Odeio admitir, mas invejo Pan. Queria ser a única mulher em sua vida, era o meu maior sonho.

E fazia parte do seu sonho ter se guardado para mim? — perguntou Lucas sorrindo. — Por que você mentiu para mim? Disse que teve muitos amantes, mas a verdade é outra.

Hélfs ficou sem graça.

Você é muito convencido — afirmou, balançando o rosto.

Tudo bem — disse Lucas. — Não precisa me dizer o que já sei, mas confessa que gostou.

Eles se olharam.

Hummm — sussurrou Hélfs, pensativa, fechando os olhos e abrindo em seguida. — Foi maravilhoso! A maior emoção que já senti em toda a minha vida. Quando você me tocou — disse ela, entre beijos —, meu coração disparou. Fez assim: Tum... Tumm... — disse, gesticulando com as mãos entre o peito. — Parecia que ia pular de dentro de mim.

Lucas deu uma gargalhada deliciosa e a beijou suavemente na boca.

Eu te amo, minha princesa — sussurrou Lucas.

A tempestade ainda caia lá fora. Eles nunca se sentiram tão felizes em suas vidas. Dormiram abraçados como se tudo aquilo fosse eterno.

Os raios da manhã começavam a bater contra a janela do quarto e, lá fora, já anunciava um belo dia.

Capítulo 17

Na noite anterior, o Rei não teve um bom sono, esteve preocupado com Hélfs e Lucas.

A Rainha acordou e não encontrou o Rei em seu quarto. Procurou pelo palácio e o encontrou no escritório, com a aparência cansada de quem havia perdido noite de sono.

Está acontecendo algo de errado? — perguntou a Rainha ao entrar no escritório. — Você acordou cedo!

Não — respondeu o Rei. — Não há nada de errado — disse irritado. — Onde está Pan? — perguntou ele, mal contendo o nervosismo.

Ainda está dormindo — disse a Rainha. — Bem, já que não há nada de errado, vou até a capela fazer algumas orações. Hoje será um maravilhoso dia e nada vai me aborrecer — disse a Rainha, que em seguida saiu do local.

O Rei nem deu muita atenção a ela, pois estava realmente preocupado. "Onde será que eles estão. Por que não voltaram até agora? E os idiotas daqueles guardiões, que não dão notícias?", pensou o Rei dando um soco na mesa. Ele estava realmente preocupado. Já havia perdido Lucas uma vez, não suportaria perder seu filho de novo. "Como ela pôde fazer isso? Ela só deve ter tentado voltar para o seu país. Hélfs é louca!", pensou, aflito, andando de um lado para o outro do escritório. Estava tão nervoso que nem percebeu quando a maçaneta da porta girou.

Me diga, onde ele está?

O Rei virou subitamente e deparou-se com Pan.

Ele quem? — perguntou o Rei, fingindo serenidade.

Não me faça de idiota! — disse Pan. — Lucas não passou esta noite aqui e eu não o encontrei ainda pelo palácio. Só você pode me dizer — disse ela aos berros.

Não, Pan, eu não sei — afirmou o Rei, nervoso.

Já sei, já sei. Você só pode estar ajudando-o a se encontrar com aquela vaquinha. Aquela tonta! Porque só pode ser ela. Ele não deixaria de dormir no palácio por causa de qualquer uma — Pan observou friamente o Rei. — É ela, não é? — perguntou, descontrolada.

Pan, você nunca mais fale comigo, e com ninguém aqui dentro, dessa maneira! Jamais se refira a Hélfs desse modo. Tenha compostura e respeito — rugiu o Rei secamente.

Está bem — disse Pan acalmando-se. — Então é assim? Tudo bem. Mas se eu descobrir que o senhor, que considero tanto, está ajudando-o a me enganar... Ah, Rei Filipe, irei me decepcionar muito com vossa alteza — disse Pan, levantando as sobrancelhas em tom de desafio, e saiu batendo a porta.

"Malditos burgueses.", pensou o Rei.

Ele não concordava com o casamento de Lucas com Pan, odiava os burgueses. Para o Rei, os burgueses não passavam de vermes medíocres, sem classe e sem sangue azul.

Quando Pan deixou o escritório, encontrou-se com um dos mordomos. Esbarrou nele, deixando a bandeja de café que ele levava cair no chão.

Seu idiota, burro! Não presta atenção por onde anda? Quer estragar o meu grande dia? Seu filho da mãe! — gritou Pan.

Desculpe, senhorita — o mordomo gaguejou. — É que a senhorita esbarrou em mim.

Quem você pensa que é para se referir a mim nesse tom? Está achando o quê? Não te dou intimidade sequer para falar comigo.

Desculpe — disse o mordomo, baixando a cabeça. "Não passa de uma puta", pensou ele.

Agora vá, limpe esta bagunça e desapareça da minha frente — esbravejou Pan.

Antes preciso entrar no escritório, tenho que dar um recado ao Rei.

Recado para o Rei? Do que se trata? — perguntou Pan.

Não posso dizer.

Ela olhou furiosa para ele.

Então ande, o Rei está lá dentro. Entre e diga a ele o que tem a dizer — disse Pan.

O mordomo entrou no escritório.

EXPERIÊNCIA QUASE VIDA

Vossa alteza — disse o mordomo —, trago-lhe um recado dos guardiões.

Diga — disse o Rei, esperançoso.

Não encontraram nem a princesa e nem o príncipe, mas encontraram o cavalo em que Hélfs estava, perdido pelo campo. Eles continuam a busca e acreditam que o príncipe deve ter encontrado a princesa. Devem ter passado a noite em algum local distante do palácio para se protegerem da tempestade.

Maldição! — gritou o Rei.

Pan acabava de ouvir tudo por trás da porta. "Desgraçado! Ele me paga.", pensou Pan, amargurada. Subiu rapidamente para seu aposento, retirou o vestido, colocando uma roupa apropriada para montaria, foi até o campo, retirou um dos cavalos e galopou em direção ao norte.

Lucas acordou e o dia já havia amanhecido. Hélfs ainda dormia. O príncipe olhou para ela, contemplando os seus últimos instantes de felicidade.

Por que não me acordou? — sussurrou Hélfs, acabando de acordar e ainda tapando os olhos com as mãos pelo reflexo do sol que batia na janela do quarto e refletia em seu rosto.

Lucas não respondeu.

Você está sério! — exclamou Hélfs.

Te fiz um pedido, Hélfs — disse Lucas —, de ficarmos juntos, mas você não aceitou — deu de ombros. — Se você escolheu assim, então voltamos para o palácio e hoje me caso com Pan.

Hélfs abaixou o rosto, sentou-se na cama.

E tudo que passamos juntos? — perguntou Hélfs, em voz baixa.

Acabou — disse Lucas com um olhar frio.

Você me ama, Lucas?

Lucas não respondeu, preferiu o silêncio.

Pouco para mim não basta — gritou Hélfs levantando-se da cama e se vestindo.

Lucas a observava em silêncio.

— Você destruiu tudo — Hélfs fez uma pausa e penteou o cabelo. — E quer saber de mais uma coisa? Fique com Pan, porque vocês dois se merecem — disse, balançando o rosto e jogando seu cabelo para trás.

Vamos embora! — exclamou Lucas, abrindo a porta do quarto.

143

Hélfs passou pela porta, parou e fitou Lucas.

Eu te odeio — disse irritada.

A recíproca é verdadeira — disse Lucas, mal-humorado, batendo a porta do quarto com força.

Os dois desceram a escada que dava para a sala em silêncio. O príncipe retirou um cordão que estava usando no pescoço e o deixou sobre a mesa, como forma de pagamento ao dono por terem utilizado o local naquela noite. Ao saírem, Lucas encostou a porta que havia jogado no chão para tampar a passagem de algum saqueador.

Lucas e Hélfs montaram no cavalo, partindo em retirada.

Apesar de já estarem caminhando há muito tempo em direção ao palácio, os dois permaneciam em silêncio.

Socorrooooooo... — Um grito ofegante de medo ecoou no campo.

Meu Deus, de onde vêm esses gritos? — murmurou Hélfs, assustada.

"Esta voz não me é estranha", pensou Lucas, fazendo o cavalo galopar mais rápido em direção de onde vinham os gritos.

Não! Por favor, solte-me — gritava Pan alarmada.

Cale a boca, sua vagabunda! — disse Eduardo, com uma voz terrivelmente calma.

Eduardo encostou o punhal no peito de Pan, ela estremeceu.

Hoje você vai me pagar — disse Eduardo, furioso.

Não! Por... Favor, não me mate... Não mate meu filho!

Você está grávida? — gritou Eduardo, nervoso e surpreso. — Sua desgraçada! — urrou ele, dando tapas com força no rosto de Pan. — Como teve coragem? Eu te amei, Pan! Ia te fazer feliz. Você vai se arrepender amargamente de ter feito isso comigo.

Não! — Lucas gritou ao ver Eduardo com o punhal apontado contra Pan. — Solte-a, seu desgraçado, senão...

Senão? — disse Eduardo, não o deixando completar a frase — Vai me matar? Vai lutar comigo? — Eduardo balançou a cabeça. — Agora você não pode fazer nada — gritou. — Quem dá as ordens aqui sou eu. Você se acha muito esperto, não é, Lucas? Mas eu sou mais — disse ele, sacudindo com violência o corpo de Pan. — Os imbecis dos seus guardiões mataram o bandido errado — disse, com uma gargalhada diabólica.

EXPERIÊNCIA QUASE VIDA

Solte-a! Se você fizer mal a ela, nem sei do que sou capaz de fazer! — rugiu Lucas desesperado, andando em passos rápidos na direção de Eduardo.

Se você der mais um passo, eu a mato — urrou Eduardo.

Lucas parou, perturbado.

Peça o que você quiser — disse Lucas, transbordando de ódio —, mas solte-a.

Cadê o seu poder, príncipe? Onde estão seus guardiões? – Eduardo sorria cinicamente. —Você sempre quis o poder, não é? E agora, me fale, de que adianta o poder se você não é capaz de salvar o seu próprio filho? — gritou, sacudindo Pan, que soluçava.

Oh, Deus! Por que isto está acontecendo? Solte-a. Eduardo! Eduardo, solte Pan! — gritava Hélfs alarmada, começando a chorar e soluçar.

Eduardo passou seu olhar friamente em todos.

É uma ótima vingança — disse ele, passando a mão no rosto de Pan suavemente. — Vou te devolver a traição — sussurrou ele no ouvido dela.

Nãoooo... — O grito de desespero de Lucas ecoou pelo campo.

Lucas... Não faça isso! — Hélfs tentou segurar Lucas, em vão.

A lâmina penetrou até o cabo no ventre de Pan. Sem um grito, ela caiu no chão.

Os guardiões chegaram logo em seguida, mas de nada adiantou. Lucas esmurrava Eduardo a esmo.

Você pode me matar — disse Eduardo ofegante —, mas a dor que eu te causei é eterna — gritava, cuspindo sangue. — Tirei de você o seu filho — a última frase pronunciada por Eduardo que, com um último golpe do príncipe, caiu morto.

O príncipe vingou-se de Eduardo com as próprias mãos. Ao ver que Eduardo já estava morto, aproximou-se do corpo de Pan que já havia falecido. Ajoelhou-se e beijou com terror o ventre ferido dela.

Meu filho! — disse o príncipe, em voz baixa. — Meu filho! — repetiu aos berros, socando com força a sua mão direita fechada sobre o chão.

Lágrimas escorriam na face de Hélfs. Vendo a dor de Lucas, ela correu até ele e o abraçou, um abraço forte e de proteção.

Me solte! — disse Lucas, com um olhar frio e os olhos vermelhos de ódio. — Nunca vou te perdoar, você é a culpada por tudo isso. Se não tivesse fugido, nada disso teria acontecido. Você ajudou Eduardo a matar o meu filho — concluiu, desferindo um olhar de rancor para ela.

Hélfs afastou-se dele com as mãos ensanguentadas.

O maravilhoso dia do casamento transformou-se em uma desgraça. O Rei e a Rainha ficaram transtornados quando souberam da morte de Pan. A notícia espalhou-se rapidamente, feito pólvora, por toda a cidade, todos estavam em estado de choque com a morte de uma jovem e bela moça de uma maneira tão trágica e cruel. O príncipe estava enlouquecido de dor. Trancou-se em seu aposento, sem deixar ninguém entrar. Saiu de seu quarto dois dias depois, era o dia do velório de Pan. O Rei dera o seu consentimento para que ela fosse enterrada com os outros membros da família Real que haviam feito as suas devoções na capela do palácio.

Pan não chegou a ser rainha, mas teve um velório digno de uma.

— Deus, abra a porta do céu — cantou o coro — para um anjo e para a bela.

Fora da capela, Hélfs foi para dentro do palácio. Percebia-se que ela estava esgotada. Caminhou até o seu aposento. Lembrou-se do dia em que esteve com Lucas e abriu um sorriso triste com os lábios. Preparou-se para dormir, mas era impossível, pois, quando fechava os olhos, a imagem de Pan sendo morta em sua frente vinha a todo o momento em sua mente. Hélfs não se conformava com a morte brutal de Pan e do filho que ela esperava.

Os convidados que compareceram ao velório já haviam ido embora. O corpo foi levado para o salão dourado, onde passaria a noite. Ao amanhecer seria enterrado no cemitério Real.

Hélfs revirava-se em sua cama e não conseguia dormir. Ela nunca havia visto ninguém morrer e aquela cena a impressionou muito. As mãos de Lucas, sujas do sangue de Eduardo, a perturbavam. A morte a assustava. Para Hélfs, a noite era longa, parecia eterna. O medo da morte aproximava-se cada vez mais dela. Eram cinco horas da manhã e Hélfs não suportava mais ficar trancada naquele aposento. Levantou-se de súbito e saiu do quarto, caminhando em direção aos jardins. Após caminhar alguns metros, avistou a capela. Entrou nela para orar pela alma de Pan. Caminhou até o altar em silêncio, ajoelhando-se. Juntando as duas mãos em forma de oração, fez o sinal da cruz.

— Amém — sussurrou, encurvando o corpo. "Senhor, não sei o que faço aqui", pensou. "Mas te peço, proteja a alma de Pan e de Eduardo. Proteja-os.

Por favor, Senhor, leve-os ao céu e perdoe os pecados deles" — ela fez uma pausa em seus pensamentos e retornou falando baixinho. — Sei que não sou tão religiosa e que às vezes chego a duvidar de vossa existência — soluçou e lágrimas começaram a escorrer sobre sua face —, mas, diante da morte, não me resta mais nada além de te implorar. Proteja-os, Senhor, e abençoe todos nós — murmurou ela. — Deus, devo lhe confessar que amo Lucas. E penso que isso tudo que aconteceu foi bom para mim. Porque agora o tenho mais perto de mim — ela balançou o rosto, nervosa e confusa —, mas não, eu não posso pensar assim. Não posso! — disse quase gritando. — Mas penso, Senhor! Perdoe-me, senhor, pois não posso me sentir bem no meio de tantas desgraças. Deus, por favor, leve para longe esses pensamentos ruins de dentro de mim. Não posso, não quero, Senhor, não devo desejar o Lucas. Isto é horrível! Ó Senhor, proteja-o. Eu o amo mais que a mim mesma. Oh, Deus, eu sou culpada por tudo. Amém — sussurrou Hélfs.

Ela saiu correndo e chorando feito uma criança teimosa de dentro da capela.

— Eu tenho que ver... Tenho que ver — ela dizia palavras sem nexo enquanto corria em direção ao palácio.

Hélfs estava transtornada, aquela morte mexeu com ela. Não conseguia equilibrar seus sentimentos. O medo e o pavor a perseguiam. Correu desesperada para dentro do palácio em direção ao salão dourado. Quando entrou, feito uma louca, deparou-se com o príncipe abatido, com as mãos sobre o ventre de Pan. O corpo de Pan estava colocado dentro de um caixão de ouro.

Lucas estava com um olhar seco, sem lágrimas e com o rosto cansado. Ele havia passado toda a noite acordado ali, de pé, olhando para o corpo de Pan. Não para Pan, porém, para o filho que ele tanto desejou. Ao ver Hélfs entrar, Lucas permaneceu em silêncio, mas desferiu o seu olhar frio sobre ela, começando a observar cada movimento dela. Hélfs percebeu que Lucas a observava, mas não conseguia olhar para ele. Continuou caminhando até aproximar-se do caixão, desta vez com passos mais lentos. Parou de frente para Lucas, colocando uma flor próxima ao rosto de Pan. Lucas permaneceu frio, observando-a. Quando Hélfs terminou de rezar, deu as costas para Lucas, começando a caminhar em direção à porta de saída do salão.

Volte aqui — murmurou o príncipe observando-a.

Hélfs assustou-se, parou, limpou as lágrimas e caminhou até Lucas, fitando-o. Ao aproximar-se dele, ele a olhou com ódio.

Agora você deve estar feliz — disse o príncipe friamente. — Afinal de contas, nada mais me prende. Agora sou todo seu, como você sonhou — disse ele sem olhar para os olhos de Hélfs. — Ela está morta... meu filho está morto! — disse ele angustiado. — Sabe que fiquei aqui esta noite pensando e cheguei à conclusão de que tudo isso aconteceu por culpa sua — rugiu Lucas —, pois se você não tivesse fugido, eu estaria perto dela — disse ele, retirando a flor que Hélfs havia colocado dentro do caixão e a olhando nos olhos. — A partir de hoje, nunca mais olhe para mim, pois para mim você também está morta. Eu te odeio! — disse secamente, enquanto despedaçava a flor com as próprias mãos — Você arruinou minha vida. Você matou o meu filho. Você merece a morte, tanto quanto a dei ao Eduardo — disse secamente.

Não, eu não tenho culpa! — murmurou Hélfs, que saiu correndo para fora do salão dourado com um acesso de choro.

Exatamente ao meio-dia o corpo foi sepultado.

Capítulo 18

No frio mês de junho, um ano após a morte de Pan, era chegado o dia da cidade ascender ao trono um novo Rei.

Acho um despautério um príncipe tornar-se rei sem ter uma rainha — disse a Rainha, tomando um gole de seu chá matinal.

A Família Real estava reunida à mesa para o desjejum. Hélfs também estava, mas, desde a morte de Pan, ela e Lucas não se falam.

Como pai — disse o Rei —, sei que não devia passar o trono para Lucas depois desses percalços que temos passado, porém, como rei, sei que o mais sensato é coroá-lo, pois esta é a única forma que temos para evitar a revolução do povo, apoiada pelos burgueses que desejam acabar com a monarquia e instalar uma república. Se Lucas não se tornar rei o mais rápido possível, dentro de pouco tempo eclodirá uma revolução. Não temos outra saída. Quanto a ter uma rainha, não é tão necessário — disse, dando de ombros. — Sinto muito pela morte trágica de Pan, mas sinto infinitamente mais pela morte de meu neto — murmurou.

Lucas retirou-se da mesa, ele estava completamente perturbado. Como se a morte de seu filho o tivesse deixado amargurado.

Estou preocupada com Lucas — disse a Rainha.

Também estou, Cecília. A dor da perda nele é insuportável. Ele pode ser forte e mostrar firmeza, mas não sabe lidar com a perda — concluiu o Rei.

O príncipe Lucas se preparou para se tornar o novo Rei, será glorificado a Rei Lucas Di Filipo III.

Eis que, no meio do senado, surge o príncipe, que entra sério e sem olhar para quem está a sua volta, sobe na plataforma erguida para sua coroação. Todos que estão no senado o observam, olham para o único homem que passa sob os arcos de flores. Ao chegar à plataforma onde será feita a coroação, Lucas dá um sorriso delicioso, capaz de fascinar e de comunicar animação e dissimulação. Os senadores estão posicionados em seus lugares para celebrar a coroação do novo Rei.

O papa não foi chamado para a coroação, com isso Lucas já demonstra que o seu reinado será uma instituição independente e laica, que está acima da igreja. E isso ajuda a demonstrar a mudança que ocorre nesta época: em que o homem está acima da religião e é ele quem faz o seu destino.

Lucas, ao subir para discursar, sabe o que as pessoas querem ouvir. E agora é o momento de dizê-lo, mas não à aristocracia, que está odiando passar por este momento de declínio, mas ao povo revoltado e aos grandes e pequenos burgueses desta época. Lucas entende que seu discurso deverá falar a essas pessoas, porque serão elas quem o manterão no poder. "E que se dane a aristocracia", pensou o futuro Rei enquanto vestia a toga.

Quem o olha tem a impressão de estar diante de um deus, possui habilidade de adotar a expressão que deseja, Seus gestos são perfeitos e sua expressão é mutável, quase enganadora. O rosto que tanto pode ser severo quanto apaixonado, possuindo um sorriso desafiador e um discurso impecável, sem ter tido necessidade de lê-lo. Parecia que havia decorado tudo e agora era o momento de dizê-lo.

— Ao assumir os deveres de que este reinado me incumbe e que vós, Augustos Senadores, me considerais digno, declaro que não os mereci nem por nascimento, nem por doação, mas por méritos próprios. Além de tudo, um desejo de fazer um grande reinado. Não retiro os méritos de meu pai como rei deste Estado, mas me considero além dele, pois, ao contrário de outros reis, eu fui criado na miséria e vivi na pele o que é a vontade de querer e desejar alguma coisa, mas não poder tê-la. Consegui chegar até aqui porque, acima de tudo, sonhei com um Estado melhor. E aprendi a buscar os meus desejos e fazê-los se tornarem realidade. Assumindo hoje a coroa, declaro este um país guiado por uma constituição. O reinado não será mais Absolutista, porém uma Monarquia Constitucionalista, onde espero contar com a ajuda do senado para construirmos uma grande nação, mais justa e igualitária para todos. Conto também com a ajuda de grandes burgueses para caminharmos na direção correta. A partir de agora, este senado não servirá apenas como marionete nas mãos do rei. A partir deste momento, este senado terá voz firme e caminhará ao lado do rei. Nunca atrás dele. Haverá divisão entre os poderes. O Judiciário não será mais comandado pelo rei — Lucas fez uma pausa em seu discurso e todos o aplaudiram de

EXPERIÊNCIA QUASE VIDA

pé. Lucas é incrível, consegue emocionar e convencer até aqueles que não concordam em nada com o seu discurso.

O seu trunfo havia dado certo, anunciando uma monarquia constitucionalista. Ele retira de seu trono a crise existente das velhas instituições e dá a todos o que desejam. Sem ser necessária a ocorrência de uma revolução. Com isso ele permanecerá no poder como rei.

Enquanto todos o aplaudiam de pé e fascinados com a sua beleza e sua glória, Lucas já se preparava para a sua próxima encenação. Sorrindo e fazendo sinal de silêncio, deu o seu último golpe.

— O Rei não será a lei — disse Lucas. — O Rei estará abaixo da lei e também obedecerá a ela.

Um dos senadores levantou-se e aproximou-se do Rei Lucas.

— Seu povo o ama. E ir contra Vossa Alteza é ir contra o povo — concluiu o senador.

O Rei Lucas deveria ter ficado agradecido com o elogio, mas apenas olhou com ar de superioridade para todos. "Cheguei aonde eu queria. Cumpri minha promessa mãe, sou o poder", pensou Lucas triunfante, lembrando-se por um instante da jura que havia feito ainda criança para aquela pobre mulher que o criou e o amou como um filho. E que por ele foi capaz de se vender e morrer.

O discurso empolgou o senado, que aprovou unanimemente o novo Rei.

No dia seguinte iniciou-se um trabalho árduo para a criação da constituição do Estado. Tratou-se de iniciar a nomeação de juízes e magistrados para assumirem seus cargos e assegurar a validade e eficácia das leis. E esses, como os senadores, nunca mais seriam escolhidos por via de intrigas. Pois seriam homens públicos.

O Estado do novo Rei não era nada parecido com o Estado anterior. Em um breve espaço de tempo, profundas modificações se operaram na cidade. Com a colaboração de grandes burgueses, grandes indústrias começavam a desenvolver-se dentro do país, gerando mais empregos, o que levou a escravidão para um início de decadência, pois na nova instituição não cabia mais essa injustiça. Os escravos começavam a receber por seu trabalho e novas leis foram criadas para dar-lhes direitos. Apesar de ainda não ter sido proibida por lei, a escravidão já estava caminhando para o fim.

Muitos camponeses estavam partindo do campo em direção à cidade, o estilo de vida mudava. O Rei Lucas deu mais atenção às mulheres, que antes não eram vistas com bons olhos, agora começavam a estudar e conquistavam o seu espaço. Antes da constituição, elas eram vistas como um objeto que pertencia a seus pais e, depois de casadas, passavam a obedecer aos seus maridos. Qualquer decisão de sua vida civil, para ser tomada, dependia da autorização destes. As mulheres tiveram leis aprovadas que lhes deram direitos e ficou mais comum vê-las não apenas em casa cuidando da família, mas também trabalhando em pequenas e grandes indústrias, em comércio e com artesanatos.

A necessidade de mão de obra era enorme, o que fez com que, em famílias pobres, mulheres e crianças começassem a trabalhar. O Rei Lucas, percebendo isso, enrijeceu mais as leis, proibindo crianças de trabalharem antes de completarem quatorze anos, o que levou muitas mulheres ao mercado de trabalho, e novas leis foram criadas, pois ganhavam direitos e não dependiam mais, com tanta necessidade, de seus pais, irmãos ou maridos para defenderem seus interesses.

No ano de 1727 foi decretado o fim da escravidão e todos os ex-escravos tiveram direitos garantidos. O Estado foi obrigado a fornecer-lhes empregos, estudos, cursos profissionalizantes e uma vida digna. Tentando ao máximo devolver-lhes e reconhecer todos os direitos que lhes haviam sido roubados durante séculos.

Orgulhoso de suas conquistas, o Rei Lucas Di Filipo assistia de camarote o renascer de seu novo Estado.

O Rei se dedicava completamente ao seu Estado, conseguiu tudo que desejou: "poder, glória e sucesso." O Rei Lucas é reverenciado nos quatro cantos do mundo. Se ele cuida do seu Estado como um filho, o seu Estado é a mãe para o Rei. O jovem e belo Rei tornou-se um mito: solteiro e amado pelas mais belas e desejáveis mulheres, seus casos amorosos viravam notícia no mundo inteiro. Todos queriam ser como ele!

Quatro anos se passaram da grande tragédia e o Rei Lucas vive agora, aos 28 anos de idade, a sua glória.

Durante esse período, Lucas e Hélfs se distanciaram completamente.

Hélfs amadureceu. Aos 28 anos é a mulher mais fascinante do mundo. Fundou uma instituição para proteger crianças de trabalhos e agressões físicas, está no primeiro lugar da lista de mulheres mais lindas e poderosas do mundo. É o sonho de consumo de vários homens. A "bela", como ficou conhecida, está prestes a se casar com Stewart, o maior industrial da Europa, que, de acordo com o mundo da moda, é o segundo homem mais lindo e poderoso do mundo. Nesses itens, o noivo de Hélfs perde apenas para o Rei Lucas, que está no topo da lista.

Filipe e Cecília estão completamente felizes, tudo está dando certo e a felicidade, desta vez, veio para ficar.

Quarta parte

O QUE VAI MUDAR OS SONHOS...

Capítulo 19

A grande notícia do mundo é o maravilhoso casamento de Hélfs e Stewart, mas, infelizmente, a cidade só terá notícias, pois eles irão se casar, daqui a dois meses, na Inglaterra e se mudarão para lá. Stewart é um homem de negócios e não pode se mudar para a América, uma vez que todos os seus negócios estão vinculados ao velho continente. Hélfs irá sentir saudades de Santa Cruz, mas a Inglaterra é um ótimo lugar para se viver. Ela está adorando essa grande mudança em sua vida.

O noivado de Hélfs, a pedido de Felipe e Cecília, ocorreu no palácio real. Foi uma grande cerimônia. Todos estavam lá, grandes nobres, burgueses ricos e influentes e o Rei Lucas, acompanhado por uma bela mulher espanhola. Mas ninguém tirava o brilho de Hélfs, ela era o centro da atenção de todos. O charme de sua presença era irresistível, sorria para a vida. Estava a caminho de realizar o seu grande sonho, que era "se casar e ter filhos". E esperava ansiosa para ter seu sonho realizado. Nada podia estragar a alegria de Hélfs. Stewart sentia-se um homem realizado, pois ele, dentro de pouco tempo, casar-se-ia com a mulher mais cobiçada do mundo e a teria como companheira. Todos os homens desejavam Hélfs, e nesse dia ela tornou-se noiva do belo, jovem e bilionário Stewart.

Todos os convidados se retiraram após o fim da cerimônia. Stewart não passou o fim da noite no palácio, voltando para a Inglaterra, onde ficará esperando por Hélfs que, dentro de trinta dias, irá para lá, onde se casará e viverá para sempre com Stewart.

Hélfs retirou-se quando todos os convidados foram embora.

Feliz, foi direto para seu quarto.

Ao entrar no quarto, estava alegre e sorria. Foi para a varanda, olhou para o céu e contemplou as estrelas, sorrindo exageradamente. Era maravilhoso contemplar o seu sorriso. Ela ficava ainda mais linda.

"Uma mulher excitante", pensou o Rei, que já estava dentro do quarto a observando.

Hélfs ainda não havia visto Lucas.

Eu ainda te amo — disse ele em voz alta.

Hélfs assustou-se e ficou apavorada quando viu Lucas aproximando-se dela.

O que você está fazendo? Saia do meu quarto! Anda. Você é louco mesmo! — disse, quase gritando. — Onde está sua atriz espanhola? — perguntou, com uma demonstração de ódio.

O Rei Lucas ficou parado de frente para Hélfs, fitando o seu olhar.

Está vendo esta aliança? — gritou ela, gesticulando. — Estou noiva, me casarei e sairei deste palácio. E nunca mais terei o dissabor de lhe ver novamente — disse, caminhando para dentro do quarto. — Saia, Lucas. Estou pedindo.

Ele não saiu. Continuou parado olhando para ela com um olhar tentador.

Hélfs caminhou até a porta de seu quarto e tentou abri-la, mas foi em vão. Estava trancada e a chave não estava na trinca da porta.

Anda, me dê esta chave! — disse ela, virando-se para Lucas com um ar de ódio. — Onde você pôs a chave? — gritou descontrolada.

É isto o que você quer? — disse o Rei Lucas, balançando a chave em sua mão e jogando-a para o alto. Pegou-a de novo, fechando novamente a mão.

Não devia ter me trancado aqui dentro, alteza. — disse em voz alta.

Ele sorriu cinicamente, aproximou-se dela.

Fique calma, princesa, não vim te fazer nenhum mal — disse ele, fitando-a. — Quero saber apenas de uma coisa. Depois que você me responder, dou as chaves e saio do quarto.

Hélfs hesitou.

Então pergunte — murmurou ela.

Por que Stewart não dormiu aqui hoje?

Hélfs ficou em silêncio e surpresa com a pergunta.

Vamos, me responda! — exclamou ele, com ironia.

Não sou sua súdita e não te devo satisfação da minha vida — disse irritada.

Ele riu.

EXPERIÊNCIA QUASE VIDA

Quer saber de uma coisa? Você nunca esteve de verdade com Stewart e com nenhum outro homem depois de mim — Lucas não conseguiu se controlar e, dando uma gargalhada, continuou. — Então você me ama! — exclamou, voltando a ficar sério e devorando Hélfs com seus fascinantes olhos verdes.

Seu cretino! — gritou Hélfs nervosa. — Você é um diabo! Meu Deus, como fui capaz de um dia ter me entregado a você? Agora saia! Saia já do meu quarto — gritou e arrancou as chaves das mãos do Rei. Colocou-o para fora do quarto, batendo com força a porta na cara de Lucas.

O Rei Lucas foi para seu quarto, caminhando lentamente e assoviando a melodia de uma sonata clássica e romântica. Entrou em seu quarto sorrindo.

Esse demônio, quem ele pensa que é? — dizia Hélfs para si, dentro de seu quarto. — Ele pensa que o amo? Eu só não fiz amor com outros homens porque quero me casar pura. Imbecil e depravado! — gritou furiosa, quebrando sem querer um porta-retrato de cristal de Stewart que estava sobre seu criado-mudo.

Por um instante, ela lembrou-se de todo o mal que Lucas a fizera. Sentiu uma lágrima escorrer em seu rosto. "Quem é ele para fazer tudo isso comigo? Ah! Mas isso não vai ficar assim, ele me paga", pensou Hélfs.

Em seguida, saiu furiosa, batendo com força a porta de seu quarto.

Você é um verme! — gritou, entrando furiosa no quarto de Lucas. — Pensa que te amo? Não, eu não te amo, seu ordinário, seu cretino! Seu canalha! Eu te odeio!

O que lhe deu vontade de matar ele foi o fato de Lucas estar rindo dela.

Hélfs parou de xingá-lo por um instante e reparou que ele estava ainda vestido com smoking preto. "Meu Deus, que diabos, ele fica lindo com smoking", pensou.

— E tem mais, só vim aqui te dizer que já tive muitos amantes e eles me deram muito mais prazer que você — disse ela baixinho, jogando sedutoramente o cabelo para trás. Toda vez que estava nervosa fazia isso.

Lucas parou de olhar para Hélfs e fingiu que ela não estava ali. Começou a se despir para dormir.

— Oh! — disse chocada. — Olhe para mim quando eu estiver falando com você. Escute, não quero mais saber de você invadindo o meu quarto. Não te quero mais, entendeu? — Hélfs continuou xingando Lucas, que fingia não se importar.

Lucas se deliciava com a cena. Ela ali, linda e atraente, em seu quarto, xingando-o feito uma boba. Ele terminou de retirar o smoking, ficando apenas de cueca. Hélfs o olhou.

Você é horrível — sussurrou. — Vou-me embora.

Não — disse Lucas, aproximando-se dela. Muito próximo um do outro, eles se entreolharam. Ele a segurou pelos braços. —Você é minha.

Retirou a camisola dela e acariciou os seus seios, a barriga e suavemente beijou sua boca.

Há muito tempo te desejo — murmurou ele.

Hélfs estava assustada, mas não conseguia controlar o seu desejo por ele.

Quando o Rei Lucas acordou, levantou-se e olhou para a varanda. Era um belíssimo dia de inverno, os raios de sol batiam levemente do lado de fora do palácio. Era o último dia de inverno, no próximo dia já entraria a primavera. Lucas ficou parado durante alguns segundos contemplando a beleza daquele dia bucólico e esplêndido. Após alguns segundos, retornou até a cama e despertou Hélfs, que ainda dormia.

Acorda, amor. Acorda — disse Lucas baixinho, beijando os seus lábios.

O que estou fazendo aqui? — murmurou Hélfs suavemente.

Não se lembra? Quer que eu te diga os detalhes?

O Rei sorriu o seu mais belo sorriso.

Oh, meu deus! Não precisa, me lembrei — disse ela, se levantando e vestindo a camisola.

Aonde você vai? — Lucas a observava.

Eu? Eu vou sair daqui. Ninguém pode saber desta loucura. Imagine se Stewart descobre que eu o traí?

Acho bom que ele fique sabendo — disse Lucas, cruzando os braços. — Afinal de contas, você estava traindo era a mim com ele — disse com ciúmes.

Ai! Você tem um senso de humor maravilhoso pela manhã — disse Hélfs irritada. — Ah! Pelas minhas contas, não nos falávamos há muitos anos. Multiplique esses anos infinitamente e acerte daqui quantos anos nós voltaremos a nos falar. Olha, isso que aconteceu não foi nada para mim e eu vou me casar com Stewart.

Não vai — disse ele puxando-a para perto de si novamente.

Vou. Você não manda em mim. Me solta.

Lucas a soltou, contrariado.

Você vai se casar é comigo.

Não vou.

Vai sim. E vai ser daqui duas semanas, mas troque de vestido porque já te vi vestida com o outro. Ouvi dizer que dá azar.

Você é doido sabia? — disse Hélfs saindo do quarto.

Lucas desceu para tomar seu desjejum, Hélfs ainda não havia descido. O Rei pediu a seus pais que esperassem por Hélfs. Passados alguns minutos ela desceu.

Bom dia a todos — disse Hélfs, sentando-se à mesa e ignorando Lucas.

Você está radiante, Hélfs! — disse Cecília, a observando.

Lucas riu e fixou o seu olhar em Hélfs, que ficou sem graça.

Está acontecendo algo que não sabemos? — insistiu Cecília.

Hélfs hesitou.

Não! — disse ela, pegando o seu chá.

Lucas olhou para Hélfs.

Mentira! Está acontecendo — retrucou o Rei sério.

Hélfs o olhou com ódio.

O que é então? — hesitou Cecília.

Nada — disse Hélfs, balançando o rosto. — O Rei que é um doido.

Está sim — insistiu Lucas. — Ela vai se casar comigo, até dormimos juntos essa noite — disse ele sorrindo.

Hélfs engasgou e os dois se encararam. Ele, com carinho, e ela, com uma vontade de esganá-lo.

Hélfs! Você traiu Stewart com o Lucas? — perguntou Cecília apavorada.

Não... Não... Eu não traio Stewart — Hélfs estava desconcertada. — Vou me casar com Stewart.

Não minta, Hélfs — disse Lucas, balançando cinicamente o rosto.

Hélfs sentiu-se envergonhada.

É verdade. Dormi com o Rei — disse rapidamente, quase engolindo as palavras —, mas vou me casar com Stewart — disse, um pouco mais calma. — Não sei o que aconteceu comigo, devo ter bebido, estava fraca. Foi isso. Vou me casar com Lucas. Aliás, — gritou ela —, vou me casar com

Stewart. Está vendo, alteza, você está conseguindo me deixar nervosa. Pare com isto — disse ela, entre os dentes.

Os pais do Rei não disseram mais nada, apenas ficaram assistindo aos dois.

Preste atenção — disse Lucas. — Eu quero você. Você me ilumina. E mesmo que eu tenha que dar a minha vida para te merecer, pouco me importa. Porque minha vida não é merecida sem você. Agora que tenho tudo, consigo ver que sem você não tenho nada. Desculpe se tive que ir muito longe para descobrir isso, desculpe pelas vezes que te fiz chorar e me perdoe pelas vezes que, conscientemente, sentia prazer em te tornar menos importante. Acredite, sempre doeu ainda mais em mim — ele a olhava profundamente. — O nosso noivado será nesta sexta-feira. Terá apenas a família, uma cerimônia simples. Espero que não se importe, porque tive que planejar tudo de última hora. Mas na semana seguinte, no sábado, será nosso casamento. E convidarei o mundo se possível for — disse Lucas.

A cena era ridícula. Os pais do Rei não conseguiam conter os risos, mas Lucas falava sério e Hélfs fingia não dar atenção.

Não dá para falar sério com você! — explodiu Hélfs. — Quer viver no mundo da fantasia? Então viva, mas sozinho, porque na semana que você diz que irá se casar comigo, viajarei para a Inglaterra, onde, no sábado, me casarei com Stewart — levantou-se e olhou friamente para Lucas. — Um bom apetite para todos! Com licença, vou cuidar da minha viagem — disse, saindo da sala.

Ela não acredita em mim — disse Lucas tenso, contraindo o seu maxilar.

Os pais dele riram.

Lucas ordenou aos empregados para fazerem um jantar de gala reservado apenas à Família Real. Havia comunicado a todos que iria se casar com Hélfs. Mandou distribuir convites para o casamento, que acontecerá na próxima semana, na mesma data em que Hélfs se casaria com Stewart na Inglaterra. Todos os conhecidos e próximos da Família Real estavam convidados. As pessoas dizem que o Rei está louco, pois sua noiva já é noiva de outro e se casará no próximo sábado. Stewart não ficou sabendo dos comentários e da loucura do Rei, pois está na Inglaterra à espera de Hélfs.

Apesar de todos os comentários maldosos, o Rei foi até o fim com sua loucura. E na sexta-feira à noite, o jantar de seu noivado estava sendo servido na sala de jantar do palácio real.

EXPERIÊNCIA QUASE VIDA

Hélfs chegou até a sala de jantar, já havia até se esquecido das insanidades do Rei.

— Uau! Que mesa de jantar linda! — disse sorrindo. — Algo de especial? — "Meu Deus, ele é tão tentador quanto um diabo!", pensou Hélfs olhando para Lucas.

Não, nada de especial — disse Lucas secamente.

Todos jantaram. Ao final, Lucas levantou, aproximou-se de Hélfs, girou a cadeira dela de frente para ele.

Ninguém nasceu para ficar sozinho — disse Lucas suavemente. — Te amo, Hélfs, case comigo. — ajoelhou-se e, tirando a aliança de Stewart do dedo de Hélfs, colocou no lugar um anel de diamantes que cintilava mais que um milhão de estrelas.

Hélfs olhou fascinada para a joia, olhou para Lucas, mordendo sedutoramente os lábios e ergueu a sobrancelha, sorrindo triunfante.

Rei, você é um pervertido! — disse ela baixinho, retirando o anel e colocando-o novamente na mão de Lucas. — Não vou me casar com você. — Lucas se levantou e ela continuou com uma voz áspera. — Já cansei de ficar falando, mas você não quer me ouvir. Acabou. Você me perdeu há quatro anos. Mesmo que eu ainda te amasse, não ficaria com você, pois, no momento que mais precisei de você, você me deu as costas. Sofri muito no passado e você era o único capaz de retirar o meu sofrimento, mas você assistia de camarote toda a minha dor. Foi capaz de me ver destruída e não fazer nada. Ou melhor, você fez sim. Você me destruía cada dia mais, com sua indiferença comigo. É isso que você chama de amor? Amor, para mim, seria se você estivesse comigo sempre, não apenas quando você deseja. Quantas noites eu chorei e tive vontade de morrer, quando você fazia questão de sair com outras mulheres, me tratando como se eu fosse nada. Você realmente acha que agora, que superei tudo isso, vou trocar minha felicidade por alguém que nunca esteve comigo? Você destruiu o grande amor que eu senti por você — murmurou.

Hélfs se levantou, saiu rapidamente da sala e entrou em seu quarto. Como uma adolescente, bateu com força a porta, atirando-se na cama aos prantos.

Ele destruiu tudo, destruiu o grande amor que eu senti por ele — repetiu ela para si, soluçando.

Acabei com tudo — disse Lucas magoado, segurando o choro.

Filipe passou sua mão sobre o ombro do Rei.

Meu filho — disse Filipe —, infelizmente não se tem tudo que se deseja. Você, pelo menos, lutou até o fim, agora não dá mais. Aceite — concluiu ele.

Cecília abraçou Lucas.

Após seus pais se retirarem, o Rei caminhou até os jardins do palácio e se sentou em uma pedra enorme próxima de uma montanha. Olhava fixamente para o horizonte, apoiado com os braços sobre os joelhos. Lágrimas escorriam em sua face, seus maravilhosos olhos verdes ficaram vermelhos. Apertou com força suas pálpebras, fechando-as, e lembrou-se da primeira vez em que viu Hélfs. "Sem ela não existo", pensou o Rei.

Três dias se passaram e enfim chegou segunda-feira, o dia em que Hélfs viajaria para a Inglaterra. Hélfs despediu-se de todos, exceto do Rei, que estava incomunicável, trancado em seu aposento. A carruagem já estava à espera de Hélfs. Toda sua bagagem, incluindo os tesouros e joias reais, foi posta nela.

Bem, devo lhes agradecer, de todo o coração, o carinho e amor que vocês me deram. Amo muito vocês. Serei sempre grata por tudo — disse Hélfs, despedindo-se de Cecília e Filipe, ainda na imensa sala real.

Meu amor, não precisa nos agradecer. Para nós, será sempre um prazer sua presença neste palácio.

Nós a amamos muito, Hélfs — disse Filipe. — Lamentamos muito que Stewart não tenha vindo morar aqui, mas este palácio estará sempre com as portas abertas para você. E quando você sentir saudade, venha.

Claro! Mudarei de continente, mas a América marcou minha vida e sempre voltarei para visitar vocês — disse Hélfs gentilmente, sentindo vontade de chorar. — Aguardo vocês no meu casamento.

Estaremos lá! — exclamou Filipe. — Só não sei ainda o que fazer com a confusão que Lucas arrumou, pois ele convidou quase o mundo inteiro para um casamento sem lógica, e logo no dia de seu casamento — ele sorriu sem graça.

Bom — disse Hélfs sem jeito —, acredito que o Rei não irá ao meu casamento, ele estará ocupado demais cuidando da bagunça que arrumou por aqui. Mas conto com vocês.

Lucas não deve ir, Hélfs, mas garanto que não o deixarei continuar com esta loucura. Quando ele perceber que você realmente foi embora

EXPERIÊNCIA QUASE VIDA

para a Inglaterra, ele irá desmarcar este casamento insano — disse Filipe, secamente.

Princesa, a carruagem está a aguardando — disse um dos empregados.

Aguarde só mais um minuto — disse ela de súbito. — Tenho que me despedir de Lucas, não vou conseguir partir sem antes falar com ele — disse ela com lágrimas no olhar.

Cecília e Felipe sorriram.

Hélfs subiu rapidamente a escadaria em direção ao quarto real.

Toc, toc — Hélfs batia na porta do quarto do Rei, mas ele não abria e nem a respondia.

Lucas, abra a porta! — disse, quase gritando.

O Rei abriu a porta depois de algum tempo de insistência dela.

O que faz aqui? — disse ele secamente, com um olhar frio para Hélfs.

Estou indo embora.

Veio apenas para me avisar? — Lucas estava calmo e distante.

Vim para me despedir de você — disse ela, com um sorriso sem graça — e dizer que... — ela fez uma pausa, o Rei a olhou nos olhos — que vou te amar para sempre — disse ela gaguejando. — Você foi, é e para sempre será o grande amor da minha vida — os olhos de Hélfs encheram de água —, mas... — disse ela dando de ombros — nós dois nunca daríamos certo, é melhor assim — passou, sem graça, suas mãos sobre as suas pálpebras, enxugando disfarçadamente as lágrimas. — Não é por não o amar que parto, mas por amá-lo mais que tudo. Grandes amores não foram feitos para dar certo, porque se destroem por dentro. E foi isso que fizemos. Destruímo-nos! Dissemos coisas que nunca poderiam ter sido ditas. Assim, com tantas feridas, nunca dará certo. Se vivermos juntos, vamos viver um amor marcado por raiva, ódios e tristezas. Vou pedir a Deus para nos dar uma nova vida. E que eu te encontre nela, porque esta, nós já a destruímos o bastante. Preciso ser feliz e desejo que faça o mesmo. Mas toda vez que eu olhar para dentro de mim... verei você — as lágrimas escorriam como diamantes em sua face.

Hélfs desarmou o Rei.

Você não vai me abraçar? — disse ela, soluçando.

O Rei descruzou os braços, passou a mão esquerda sobre a nuca. Ele estava destruído por dentro, pois viu naquele momento que havia perdido o seu grande amor e que nada mais podia ser feito.

Então é o fim? — disse ele, contraindo com força os lábios e os músculos dos maxilares.

Eles se olharam.

Adeus, meu eterno amor — murmurou Hélfs, beijando os lábios do Rei suavemente.

Lucas não a correspondeu. Hélfs saiu do quarto.

O Rei não percebeu, mas, apesar das lágrimas dela, pela primeira vez em sua vida Hélfs se sentiu livre para escrever uma nova história.

Capítulo 20

Sábado, dia 17 de julho de 1729. O dia amanhece radiante, o jardim do palácio está alegre como nunca. Os pais do Rei não estão no palácio, pois viajaram para a Inglaterra, para o casamento de Hélfs com Stewart. E devem estar acabando de chegar ao continente europeu. No palácio está apenas o Rei Lucas Di Filipo e seus 970 empregados. E o movimento é intenso já pela manhã.

O Rei não havia desistido de sua loucura. Os empregados reais preparavam e enfeitavam o palácio para a grande cerimônia real. Só há um pequeno problema, o Rei não tem a noiva. Mas o palácio está ficando ainda mais esplêndido. Há flores e orquídeas em todos os cantos. Na capela onde será realizada a cerimônia, os 1.170 assentos estão forrados com seda vermelha, um tapete persa vermelho bordado com fios de ouro cobre a passarela central por onde se dá a entrada à capela. O Rei havia planejado tudo.

Hélfs havia acabado de acordar. Os empregados profissionais da beleza chegavam para proporcionar a ela um maravilhoso dia de noiva.

Onde está o meu vestido? — a primeira coisa que Hélfs perguntou, ao ser acordada por suas empregadas.

Princesa Hélfs de Orfleans, fique calma — disse uma das empregadas.

Apesar da revolta dos republicanos, Hélfs não perdeu o seu título, ainda possuía o castelo e todo o tesouro da coroa. Graças a isso, mantinha-se com o título de princesa da França.

— Está faltando pouco, o ateliê disse que virão entregar pessoalmente o seu vestido — respondeu a mesma empregada, tentando acalmar Hélfs.

Ai, meu Deus. Não vou me casar! — sussurrou Hélfs, cobrindo-se novamente — Sabia, vai dar errado!

Não diga isso, princesa. Vai dar tudo certo. Vamos, tome o seu chá.

Hélfs levantou-se contrariada, tomou o seu chá. "Ai, meu deus! Eu não vou me casar. Eu sei, vai dar errado. Eu quero sumir", pensava Hélfs nervosa.

Hélfs viveu o seu grande dia de noiva auxiliada por uma equipe capacitada de profissionais. Teve massagens ouvindo músicas calmas e banhos de ervas, mas de nada adiantava. Como toda noiva, parecia uma bomba prestes a explodir a qualquer momento. Ela passou o dia todo acreditando que tudo ia dar errado, que ela não ia se casar, que seu vestido não ficaria pronto. Mas, à tarde, o vestido de Hélfs foi entregue.

Meu Deus, ele é lindo! — disse Hélfs, sorrindo ao vê-lo.

Não disse, princesa? Tudo vai dar certo — disse a empregada.

Hélfs tomou um banho demorado. Logo que saiu, foi direto para as mãos do maior maquiador do mundo.

Nossa! Vejo que não vou demorar muito na maquiagem, a noiva já é linda por natureza! — exclamou o maquiador ao ver Hélfs.

Hélfs sorriu nervosa.

Vamos, meu anjo, sente-se aqui que vou começar a maquiá-la.

Hélfs sentou-se.

Não dá! — exclamou Hélfs, nervosa.

O que não dá? — disse o maquiador, pasmado.

Sinto que alguma coisa vai dar errado. Não sei dizer o que exatamente, mas eu sei, não vou me casar. Hoje não — disse Hélfs, balançando o rosto e aflita.

Oh, meu anjo, isso é normal. Toda noiva sente isso — disse ele, passando com carinho as mãos sobre os belos cabelos volumosos e ondulados de Hélfs. — A não ser que você esteja se casando obrigada. A princesa está se casando obrigada? — perguntou ele, assombrado com a ideia.

Não, não — disse Hélfs rapidamente. Ele suspirou aliviado.

Acho que vou chorar — Hélfs olhou para ele. — Quero chorar desde que acordei — sussurrou ela.

Ah, meu bem! Então chore agora, porque, depois que eu te maquiar, não vai dar — disse ele, colocando as duas mãos na cintura.

Hélfs teve um acesso de choro, ele olhou para ela embasbacado.

Chorou por quase meia hora. Contou a ele quase tudo de sua vida, inclusive o amor devastador que ela sentia pelo Rei Lucas Di Filipo.

EXPERIÊNCIA QUASE VIDA

E quem vai entrar com a princesa na igreja? — perguntou o maquiador, tentando encerrar a conversa.

Ai, meu Deus! Não tenho pais, eles morreram. Um deles junto com minha mãe. Eu nem o conheci — disse Hélfs triste, voltando a soluçar. — Ah, meu senhor, no dia em que mais queria ter um pai do meu lado, nem o meu avô está aqui.

O maquiador olhou com agonia para Hélfs.

Tudo bem, maravilhosa, eu também não tenho pai. Mas vamos deixar isso de lado, deixe-me enxugar o seu rosto e vamos à maquiagem ou, senão, você mesma vai estragar o seu casamento.

O rosto de Hélfs tornou a ser lavado e logo em seguida começou a ser maquiado.

Filipe desceu da carruagem real para pegar Hélfs, que já estava transformada em uma noiva.

Acho que estou tendo um delírio — disse Filipe, sorrindo ao ver Hélfs vestida. — Você é a noiva mais linda do mundo! Achava isso impossível, mas, por um mistério divino, você está ainda mais linda do que já é.

Hélfs sorriu.

Agora vamos, minha filha, pois o noivo e os convidados já estão à sua espera — disse Filipe, dando os braços para Hélfs e a levando para a carruagem.

Os convidados começaram a chegar ao palácio Real para a cerimônia. O Rei Lucas não dava a mínima para o que os outros estavam pensando.

O bispo já estava na capela, os 1.170 assentos da capela estavam ocupados com convidados importantíssimos. E todos já sabiam o que ia acontecer, mas compareceram para verem de perto a loucura do Rei. Os comentários dos convidados eram maldosos.

Este Rei é um louco e libertino — disse uma senhora à sua amiga ao lado.

Pior que isso, meu bem — disse a outra. — Ele é um pervertido. Onde já se viu marcar um casamento com uma princesa que já é noiva de outro? Só porque é considerado o homem mais lindo do mundo, ele acha que pode fazer e ter quem ele quiser? Isso é desprezível — concluiu ela, assombrada.

O Rei, naquela noite, vestiu um smoking negro, calçou sapato de couro preto devidamente engraxado, penteou o cabelo cuidadosamente, olhou no espelho e sorriu com a confiança de todo homem que possui o poder e a beleza. "Esta noite conhecerei a felicidade! Ela virá", pensou ele.

O Rei estava confiante. Para ele, Hélfs desistiria de seu casamento com Stewart e ia se casar com ele. Deixou a parte interna do palácio e, montado em seu mais belo cavalo negro, partiu em direção à grande capela.

"Ninguém abandona um amor", pensou o Rei confiante, entrando na capela de cabeça erguida, sem olhar para os lados. O Rei foi até o altar e deu um sorriso, parando de frente para todos à espera da noiva.

O Rei Lucas parecia um deus, de tão belo!

Os minutos se passavam, mas a noiva não chegava. Os convidados começavam a sentir pena do Rei, pois sabem que a noiva não virá, porém, se mantinham em seus lugares por respeito ao Rei.

Os olhos verdes do Rei pareciam espelhos d'água, mas ele se mantinha firme diante de todos. Era uma cena triste, porém divina. O rosto do Rei parecia uma pintura de tão belo.

— Vocês devem estar aqui rindo de mim — disse o Rei, depois de muito esperar por sua noiva —, olhando uns para os outros e querendo respostas das quais não sei se sou capaz de responder — franziu a testa. — Mas, sinceramente, não me importa quais as suas perguntas, porque para mim o amor é a resposta — disse secamente, fitando todos. — Casamento? Ora, se tivesse, eu não estaria aqui derrotado, tendo que dar explicações de uma situação tão óbvia que todos já perceberam. Sonhei com este dia a cada segundo lento que se passou em minha vida. Fiz loucuras, sei que errei bastante — fez uma pausa. — Podem ter certeza de que perdi muitas noites de sono por problemas, mas nunca perdi uma noite de sonhos por ela, que tanto amo. Ao contrário, durante esse tempo que a amo, e que não pude tê-la, o que mais gosto de fazer é dormir, só para tê-la em meus mais belos sonhos. E então, quando amanhece, acordar com o rosto mais tolo que se pode imaginar, lembrando-me de seu rosto e dos seus beijos, que tanto desejo. Tivemos alguns momentos juntos, muitos deles me fizeram chorar, mas nenhum deles apagou em mim o primeiro dia que chorei de alegria — ele fechou os olhos e as lágrimas escorreram em sua face. — Muitos de vocês não sabem o que é uma lágrima cair de seu rosto, mas por dentro seu coração bate desesperadamente, suas pernas querem dar o mais alto pulo, seu olhar brilha como se fosse duas estrelas, as mais brilhantes já vistas por um homem. E seus lábios, com uma vontade imensa de beijar a pessoa amada. Isso talvez explique o motivo de os ter chamado até aqui. O amor que sinto por ela me trouxe até aqui — disse ele. — Neste dia, que deveria ser o mais perfeito de toda a minha vida. Mas nem tudo sai como desejamos. É por isso que peço desculpa a cada um de vocês, pelo transtorno que causei. Peço perdão por eu ter acreditado no amor e ter trazido vocês até aqui por causa dele. Espero que todos me perdoem — limpou as lágrimas da face.

Sentiu o seu sangue gelar nas veias. Olhou novamente para todos de cabeça erguida e continuou.

— Gostaria de deixar bem claro que este é o maior e mais belo sentimento que pode existir. E por isso, na frente de todos, quero dizer que amo Hélfs de todo o meu coração. Queria que ela fosse a nossa Rainha, no entanto ela não quis assim, ou melhor, a verdade é que o meu orgulho e minha ganância destruíram o que de mais belo eu tive nas mãos. Odiá-la? Jamais! Pois quando há amor não há espaço para tal sentimento. Agora vão, mas levem a certeza de que este amor jamais deixará de existir.

O Rei desceu do altar.

Todos o olhavam com pena e dó, enquanto ele se retirava de dentro da capela.

Isto que é amor! — gritou uma senhora.

Pena que o final não é feliz — disse Lucas, virando-se para a senhora.

Este é o final feliz — gritou Cecília, a mãe do Rei.

Ôôooooo...! — disseram os convidados em coro, levantando todos ao mesmo tempo e assustados. Eles não acreditavam no que viam.

Hélfs, que mais se parecia uma deusa, com um sorriso delicioso no rosto e os olhos brilhantes de felicidade, entrava na capela acompanhada por Filipe. A noiva só podia ser uma princesa, tão perfeita.

Hélfs havia ouvido toda a declaração de amor.

O Rei olhou para Hélfs e, como que em um passe de mágica, seus olhos voltaram a brilhar. Caminhou firme na direção da princesa. Mais perto dela, percebeu que havia lágrimas nos olhos de Hélfs. Ela o abraçou. Lucas a tomou em seus braços. Beijaram-se como se aquele fosse o primeiro e último beijo de toda a existência.

Os convidados assistiam a tudo, completamente emocionados, a alegria do casal era contagiante. Algumas senhoras e senhoritas choravam, enquanto os cavalheiros aplaudiam de pé.

Está vendo, meu filho, quando um homem quer alguma coisa, ele tem que ir atrás do seu sonho — disse um senhor entusiasmado, dando lições ao seu pequeno filho que assistia a tudo sorrindo.

O Rei e a princesa se casaram. A cerimônia foi perfeita e singela. Todos ficaram emocionados quando duas irmãs gêmeas e idênticas, que deveriam ter uns seis anos de idade, entraram como floristas. Elas andavam em ritmo sincronizado e faziam todos os movimentos ao mesmo tempo, como se fossem uma única pessoa. E era esse o símbolo do casamento entre os dois. Eles estão tão unidos que é como se fossem uma única alma.

Enquanto o Rei e a Rainha saíam da capela, pétalas de rosas vermelhas eram lançadas sobre os dois. O coro cantava uma bela canção sobre o amor.

Oba! Com um buquê deste terei enfim sorte no amor! — disse com euforia a bela imperatriz portuguesa que pegou o buquê da mais nova Rainha.

A festa estava divina, algo jamais visto em todo o mundo. Uma verdadeira festa dos deuses. O casal ficou junto durante toda a comemoração. Ao amanhecer, partiram para a lua de mel na França.

O país em segundos.

Por Antonieta Antônia.

Não podia deixar de escrever para vocês, meus queridos e diletos leitores! Sobre as últimas notícias da grande festa que ocorreu no suntuoso Palácio Real, do nosso grandioso Rei e da nossa amada Rainha.

Comemorava-se o aniversário de dois anos de Prince. Não conseguimos uma entrevista com a família Real, pois, como sabemos, o casal é muito discreto e não gosta de dar entrevistas, mas tive a grande honra de ter estado na festa e ter visto tudo de perto, meus deliciosos, para lhes contar! Querem saber como anda a Família Real depois de ter se passado sete anos daquele casamento encantado? Será que o grande amor ainda existe e persiste mesmo com o passar do tempo? Ou será que entrou na monotonia e era apenas fogo de palha? Então, o que vocês apostam? Bem, não continuarei mantendo esse suspense, pois como vocês sabem não é do meu feitio. Pois bem, o Rei, a cada dia que passa, fica mais lindo. O verde de seus olhos é tentador! Um homem forte e firme, apenas fica bobo quando está ao lado da Rainha e de seus três filhos. A nossa bela Rainha que perdoe suas súditas pela inveja que sentimos dela, porém uma inveja boa. O corpo dela continua impecável! Mesmo depois de ter dado à luz seus três filhos. Ah, ela é uma Rainha maravilhosa! Meu Deus! Os filhos são lindos e muito bem-educados, parece que não dão muito trabalho. Os dois garotinhos, Henri e Arthur, têm o maior cuidado com Prince. Henri está com sete aninhos, Arthur com quatro e agora Prince, a caçula, acaba de completar dois aninhos.

A festa, sem comentários. Festa dos deuses! Os avós olhavam os netos com muito amor. Todos os poderosos estavam no palácio dourado. O Rei conversou durante muito tempo com seus amigos e senadores. Hélfs e a

HÉLIDA FÉLIX DOS REIS

Rainha da Inglaterra, muito amigas, também conversaram e se divertiram muito. Há amor por todo o palácio e é tão grande esse sentimento que, quando pisamos dentro do palácio, podemos sentir. Entrar lá é um espetáculo, ver Hélfs e Lucas é contagiante. Quem diria que aquele solteirão namorador hoje tem olhos apenas para uma mulher! E não é nenhuma de nós, não, simples mortais! É ela! A única, Hélfs, a nossa Rainha. E que os homens também morrem de inveja, pois apenas o Rei a possui.

Bem, meus diletos, despeço-me de vocês hoje deixando o pensamento do dia:

Viver é amar, amar, amar e amar...

O Rei jogou o jornal para longe.

Como podem encontrar alguém que leia isto! — exclamou o belo Rei, azedo.

Não passa de publicidade. As pessoas desejam saber sobre a vida particular do Rei — disse a Rainha sorrindo. — Não te entendo Lucas, você sempre desejou o poder e, agora que o tem, reclama — ela levantou da cama e pegou o jornal. — Deixe-me ler — disse ela, abrindo o noticiário.

A Rainha lia a nota enquanto o Rei terminava de vestir seu terno suíço.

O que você acha de partimos em uma nova lua de mel? — disse o Rei, de frente para o espelho, enquanto olhava a imagem da Rainha lendo o jornal, ali refletida. — Que tal viajarmos por toda a Europa, meu bem? — repetiu ele, tentando chamar a atenção de Hélfs.

Ela não deu atenção, continuou lendo. E ao terminar, colocou o jornal sobre o sofá de couro, caminhou até o Rei e o abraçou por trás sorrindo.

Ah, amor, achei tão lindo o que ela escreveu — disse ela.

É pobre demais — disse Lucas, mal-humorado. — Acho um absurdo, pois querem ganhar dinheiro explorando a nossa imagem.

Você acha a nossa vida cafona? Hein, amor? — disse Hélfs, ajeitando a gravata em Lucas.

Bom — disse ele, suspirando —, se eu pensar bem, é — ele passou a mão sobre a nuca. — Sabe, não aguento mais esta vida. Não suporto mais! — disse, mal-humorado.

Hélfs ficou chocada.

Como assim? — disse ela.

EXPERIÊNCIA QUASE VIDA

Como assim? — repetiu ele, pressionando o maxilar. — Ah! Vamos discutir isso depois, agora estou atrasado.

Atrasado? Pois então, o problema é seu! Porque eu quero discutir agora — disse ela, quase gritando.

Estou atrasado — disse entre os dentes.

Volte aqui! — gritou Hélfs, jogando um travesseiro com força contra Lucas.

Você é doida! — provocou Lucas, aproximando-se dela.

Então eu sou doida? Olha, não te obrigo a continuar comigo, se não estiver tudo certo para você, mas você tem que me dizer. É só você falar e nos separamos, apesar de eu ainda te amar. Ai, bem que me falaram que era amor demais e eu ia ver que, com o tempo, não passava de ilusão — disse ela baixinho, passando a mãos sobre o belo cabelo cor de mel.

Lucas a olhava enquanto ela o xingava.

Pare! — disse ele, fazendo um sinal de silêncio. Hélfs o olhou, ficando em silêncio.

Ele pegou a sua pasta e ia saindo do quarto.

O que tem de errado com o nosso casamento? — sussurrou Hélfs com tristeza, ajoelhando-se sobre a cama.

Lucas fechou a porta que havia aberto e entrou novamente no aposento, aproximando-se de Hélfs que estava angustiada.

O que tem de errado é que você não me escuta — murmurou ele, irritado.

Hélfs o olhou com um olhar de desespero.

Como assim? Lucas, eu te amo — disse ela —, mas se você não sente mais o mesmo por mim, basta me dizer. Eu preferia não ter nunca que ouvir isso de você. Você é minha vida — fez se um silêncio. — Aliás, você e os nossos filhos são a minha vida. Mas eu não suportaria ser traída e vê-lo saindo com várias mulheres, como tinha costume de fazer antes de nos casarmos ou como quando você era noivo de Pan — disse ela arrependendo-se logo em seguida de ter falado do passado.

Pois eu já me decidi, vamos nos separar.

Hélfs soluçou.

Como você pode fazer isso? — disse Hélfs, dando tapas de raiva no peito de Lucas.

Pare! — disse Lucas, a segurando com um pouco mais de força. — Se você não viajar comigo, só nós dois, para termos uma segunda lua de mel, me separo de você — sussurrou ele no ouvido dela.

Por que você faz isso, seu bobo? — disse ela chateada, tentando se soltar dos braços dele.

Lucas deu uma gargalhada.

Também, você leva tudo a sério. Mas adoro ver você nervosa, fica ainda mais linda — sussurrou ele, soltando os pulsos dela e deitando-a na cama.

Me solta, você é um miserável! — disse ela, afastando-se dele.

Eu, miserável?

Sim. Ou acha que eu acredito que você é totalmente fiel a mim — disse ela, olhando para ele.

Sim, eu acho que deve acreditar sim. Assim como eu acredito que você é totalmente fiel a mim. E eu não aceito que você pense em me trair — disse ele.

Realmente, sou totalmente fiel a você. Porque não existe outro homem que possa me fazer mais feliz. Amo-te hoje ardentemente, ainda mais do que te amei ontem. Mas sou mulher, e mulher é boba. Homens têm outros desejos, imagino os seus então! Mas não quero saber quais são os seus, acharia entediante ter um homem belíssimo, poderoso e extremamente fiel. Mas escute uma coisa. Se um dia eu, ao menos, sonhar ou desconfiar de algo, te mato. Se for para você me enganar, então faça direito — concluiu ela, sorrindo.

Pode deixar, faço direito — disse ele entre risos.

Hélfs sentiu vontade de matá-lo. E ele olhou para ela apaixonado.

Então você assume que se diverte por aí? — disse ela, fazendo cara de espanto.

Mas mesmo assim, sou louco de amor por você. Posso viver sem nenhuma diversão, mas sem você não vivo. Ninguém me tira de você. Sua boba! Vem cá! — disse ele, a puxando para seus braços novamente.

Ele colou o seu rosto no dela.

— Amo o seu cheiro, sua pele, seu corpo, sua boca, amo cada pedacinho de você — disse ele, percorrendo suas mãos pelo corpo perfeito dela. — E então, você ainda não me disse se vamos ou não para uma nova lua de mel — sussurrou no ouvido dela.

EXPERIÊNCIA QUASE VIDA

Não vou — disse ela irritada. — Não vou, para você nunca mais fazer isso comigo. E pode ir embora, você já está atrasado — disse ela, tentando soltar-se dos braços dele. — Deve ter alguma diversão sua te esperando.

Não. Não estou atrasado e nenhuma diversão pode ser mais linda e perfeita que você — disse ele, deitando-a na cama. — Eu te amo. Você é a mulher mais linda do mundo — disse, deitando o seu corpo rígido sobre o corpo escultural dela.

O Rei acariciou os cabelos dela e os jogou para trás, deixando o rosto dela todo à mostra.

Você é linda!

Não entendo os homens. Somos felizes, nos amamos e ainda assim se diverte! E eu sou uma boba de imaginar isso e deixar.

Também não entendo. Mas escute, você é minha. Só minha. E eu ficaria furioso se fosse o contrário. Eu te amo. E o meu amor é fiel, pois nunca te deixarei, estarei unido a você nesta e quantas vidas mais eu tiver para viver... para sempre. Acho que só a morte me separa de você, mas juro que dou um jeito até para isso.

Eu também te amo — sussurrou ela. — E te amarei mesmo depois de morta — ela sorriu. — Isso sim é um pensamento ridículo — sussurrou, sorrindo. — Mas, amor, se um dia eu sentir apenas desejo por outro homem e tiver vontade de me divertir, você aceitaria?

Ele olhou para ela chocado.

Não, eu não aceitaria — disse ele com ciúmes. — Você é minha. E por que está me perguntando isso? Você já sentiu desejo por outro homem?

Não. Apenas sinto desejo por você. É claro que, às vezes, acho algum homem bonito, mas quando penso em fazer amor, apenas quero com você. Perguntei à toa, pois se o homem pode se divertir mesmo amando sua esposa, por que a mulher também não pode se divertir mesmo amando o seu marido? Isso não é injustiça?

Sim, é injustiça, mas é a injustiça mais justa do mundo quando um homem ama sua mulher, assim como eu a amo — concluiu ele.

E então, se um dia eu sentir um simples desejo por alguém, você me deixa experimentar?

Se um dia isso acontecer, você primeiro me avisa que depois vou pensar.

Você é um esperto. Se eu te avisar, você não vai deixar — disse ela sorrindo.

Acertou! Não vou deixar. Mas quero saber se isso acontecer, porque, para não ser um machista, vou convencê-la a não me trair — disse ele sorrindo. — Meu amor, você tem que entender que homem é diferente de mulher. O homem trai por instinto, mas um homem jamais vê sua amante como amada, ele apenas a vê como um objeto. E nunca vai deixar a mulher amada por um objeto. A mulher não age por instinto, ela age por emoção. E quando a mulher trai, ela já não ama mais o seu marido e está disposta a trocá-lo pelo amante. E além do mais, o homem não suporta imaginar sua amada com outro. E eu não quero imaginar você com outro. Você é minha e eu te amo. Sei que você é linda e desperta o desejo de vários homens. Inclusive, já observei vários lhe cobiçando, mas não aceito que nenhum outro homem além de mim tenha você. Você é minha mulher e a amo mais do que a mim mesmo.

Sim. Eu sou só sua. Mas você tem razão, homens e mulheres são diferentes. Ao contrário de você, jamais iria para a cama com um homem que eu não amo. E eu amo apenas você — concluiu ela. — Mas que homens não prestam, ah, não prestam mesmo! E eu apoio as mulheres que traem, porque, se os homens traem, elas também podem trair. Você também apoia, amor?

Também apoio, meu amor. Você está certa no seu pensamento, por mim as mulheres traídas têm razão de trair, mas a você nego esse direito — concluiu ele sorrindo.

Mas eu não quero este direito, meu amor. Ou melhor, eu quero o direito, mas não quero nunca te trair. Porque só você me faz feliz, eu só preciso de você — disse ela o abraçando.

Fico feliz por você ser assim, eu te amo — disse ele, a puxando para mais perto. — Agora vamos parar com este assunto, porque já estou morto de ciúmes. Mas antes, promete para mim que se você, algum dia, sentir desejo por outro, vai me pedir primeiro e vai me dizer quem é — disse ele, olhando para ela.

Eu não vou sentir, mas, se eu sentir, prometo que te falo. Eu te amo — sussurrou ela.

O Rei sorriu.

Já traí várias mulheres, mas nunca te traí — sussurrou Lucas no ouvido dela.

Jura que é verdade? — disse Hélfs, sorrindo.

Preciso jurar alguma coisa? Minha palavra e meu amor por você já são provas disso. Você e meus filhos são minha vida.

E vocês, a minha — sussurrou Hélfs.

Eles se olharam.

Vem cá, sua boba! — Lucas a puxou. — Já que você não quer viajar comigo, tive outra ideia — sussurrou. — Vamos começar agora mesmo nossa segunda lua de mel.

Eles deram a risada mais gostosa do mundo e começaram a fazer amor.

Fim.

— Amor eterno? Para nós, simples deuses, talvez não, mas para eles... Bem, não posso afirmar, não sou um deles. Porém, tem sido assim. Mas temos que nos preocupar é em trazê-los logo para a eternidade. Eles não podem continuar neste jogo — disse Kalazar, desaparecendo por entre as nuvens.